参上！ SANJO!
ヌンチャクゴリラ
NUNCHAKU GORILLA

川之上英子・健 作　朝倉世界一 絵

地球《ちきゅう》は皮膚《ひふ》を持《も》っている。
そしてその皮膚《ひふ》はさまざまな病気《びょうき》を持《も》っている。
その病気《びょうき》のひとつが、人間《にんげん》である。

by
ニーチェ

もくじ

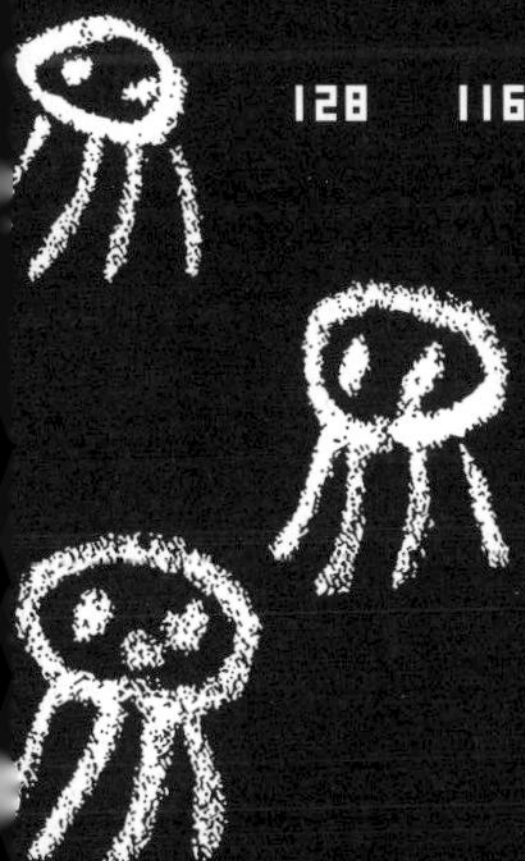

プロローグ　1億《おく》年《ねん》ぶりの地球《ちきゅう》

ガチャッ！

「ニョルニョルゾ隊長《たいちょう》！　大変《たいへん》れす！」

「ああ、天王星《てんのうせい》なら、何の問題《もんだい》もなかったと、さっき報告《ほうこく》を受《う》けましたよ。次《つぎ》の星は
……、そう、地球《ちきゅう》れしたね」

「その地球《ちきゅう》が、大変《たいへん》なのれす！」

「まあまあ、そんなにあわてなくてもいいれしょう。今、わたしはアペラ星のお笑《わら》い番組を見《み》ていて、忙《いそが》しいのれす。ほら、おかしいれすよ～。『惑星《わくせい》が、わ、くせー』って。くーっくっくっく」

「ひゃーっ、それはおかしいれすね、わ、くせー？　わくせいだけに？　くーっくっくっく！　って、隊長《たいちょう》！　宇宙船《うちゅうせん》の中でお笑《わら》い番組見ないでくらさい、仕事中《しごとちゅう》なんれすから」

「あっ！　なにも、消《け》さなくても。わかりましたよ、聞《き》けばいいんれしょう。地球《ちきゅう》が、どう大変《たいへん》なのれすか」

「それが、見たこともない生《い》き物《もの》が、それはもう、うようよしていて、地球《ちきゅう》をこわしているのれす！」

「またまたあ。地球《ちきゅう》でしたら、わたしも1億年《おくねん》ほど前《まえ》に見まわりましたが、ほんとうに水《みず》と緑《みどり》がきれいな星れしてねー。ま、大きな恐竜《きょうりゅう》がいて、ちょっとこわかったれすけど、なにか問題《もんだい》が起《お》きるような星《ほし》では、なかったれすよ。そう。あのころは、わたしもまだ宇宙保安部隊《うちゅうほあんぶたい》の新人隊員《しんじんたいいん》れした。わたしの上司《じょうし》は、なんと、あのキラキーラ様《さま》だったのれすよ。今では、宇宙界《うちゅうかい》のトップになられて。なつかしいれすねえ。あれから1億年《おくねん》もたったとは」

「ニョルニョルゾ隊長《たいちょう》。のんきに昔《むかし》をふりかえってないで、この画像《がぞう》を見てくださいなのれす」

「な！　なななんと！　1億年《おくねん》前と全《まった》く違《ちが》うじゃないれすか。これが、本当に地球《ちきゅう》なのれすか」

「この、うようよと、たくさんいるのが、『ニンゲン』という生《い》き物《もの》れす」

「ニンゲン？　初《はじ》めて見ました。そんなに大きな生《い》き物《もの》ではなさそうれすが、ずいぶんたくさんいますね」

「報告《ほうこく》によると、ニンゲンは、進化《しんか》するにつれ、地球《ちきゅう》をこわしはじめたようれす。最《さい》近《きん》では、地球《ちきゅう》が割《わ》れてもおかしくないようなケンカまでするそうれす」

「むむう。それは聞き捨《ず》てなりませんね」

「はい隊長《たいちょう》。ニンゲンはもともと、チンパンジーや、ゴリラの仲間《なかま》れす。これがゴリラの画像《がぞう》れす。遺伝子《いでんし》はニンゲンとほとんど変《か》わりません」

「ゴリラも、地球《ちきゅう》を、こわしますか？」

「いいえ、体《からだ》は大きいれすが、地球《ちきゅう》にやさしい生《い》き物《もの》れす」

「なるほど。進化《しんか》して、地球《ちきゅう》をこわすようになった、ニンゲン……」

「どうしますか、ニョルニョルゾ隊長《たいちょう》」

「そうれすねー。ハイ、決《き》めました！　ニンゲンをぜんぶ……」

「ニンゲンをぜんぶ……？」

「うん。ゴリラにしちゃってくらさい」

1 ぼくの家は駐在所《ちゅうざいしょ》

ぼくの名前は、山崎《やまざき》ようじろう。北町第二《きたまちだい》小学校の、5年生だ。北町《きたまち》の商店街《しょうてんがい》で、ねぐせがひどくて、小柄《こがら》な小学生《しょうがくせい》を見かけたら、それがぼくだと思ってまちがいない。

ぼくのかみの毛、朝起《お》きると、それはもうびっくりするくらい、ねぐせがついてるんだ。

「今日もすごいな～、ようじろう」

「今日のアタマは、鳥が住《す》めそう」

「ここまでくると、芸術作品《げいじゅつさくひん》だね」

って、毎朝のように先生や友だちに言われるよ。まあ何のじまんにもならないけどね。じまんできること、といったら、お父さんが警察官《けいさつかん》なこと、くらいかな。

ぼくは、北町商店街《きたまちしょうてんがい》の角にある、駐在所《ちゅうざいしょ》の子なんだ。駐在所《ちゅうざいしょ》って、知ってる？

北町駐在所
POLICE

おまわりさんのいるところ。駐在所《ちゅうざいしょ》の、となりが家になっていて、ぼくは、お母さんと、お父さんと、３人で、そこに住《す》んでいるんだ。

さてさて。ぼくが家に帰ると、お父さんは駐在所《ちゅうざいしょ》で警察官《けいさつかん》の制服《せいふく》を着《き》て、書類《しょるい》を書いていた。お昼ごはんを食べそこねちゃったのか、バナナをほおばっている。がっちりした体格《たいかく》で、柔道《じゅうどう》五段《だん》。ラグビーもやっていたことがあるお父さんが、バナナをほおばっている姿《すがた》は、ちょっぴりゴリラみたいだ。

これでも、商店街《しょうてんがい》のみんなに、けっこう、たよりにされてるおまわりさんなんだ。

「ただいま」とぼくが言おうとした時だ。ぼくを押《お》しのけて、『ラーメン辰龍《たつりゅう》』の辰《たつ》さんが、駐在所《ちゅうざいしょ》にとびこんできた。

「山崎《やまざき》さん、いや、おまわりさん！　食い逃《に》げだよ！」

お父さんは警察官《けいさつかん》の帽子《ぼうし》をかぶると、

「食い逃《に》げ？　よしきた。つかまえてくる！」

と、言うやいなや、まだ半分残《のこ》っているバナナをぴゅーんとほっぽりだして、自《じ》転車《てんしゃ》にまたがった。発進《はっしん》！

「おいおいおい、そっちじゃないよ！　左《ひだり》だよ！」

大声で辰《たつ》さんに言われて、

「ああ、こっちか、了解《りょうかい》！」

お父さんの自転車《じてんしゃ》がキキーッとUターンする。

猛《もう》スピードで走っていくお父さんの背中《せなか》を見送《みおく》りながら、辰《たつ》さんはぼくにつぶやいた。

「ようじろう。おれ、まだ、食い逃《に》げ客《きゃく》がどんなやつか、言ってないよね？　どうやってつかまえるつもりなんだ、あのおまわりさんは」

そう。うちのお父さん、いつもいきあたりばったり、なんだよね。

2

おまわりさんがゴリラになった？

それでもちゃんと食い逃《に》げ客《きゃく》の男をつかまえてくるお父さんは、やっぱり商店《しょうてん》街《がい》じまんのおまわりさんだ。

お父さんに連《つ》れてこられたのは、ひょろっとした、動物《どうぶつ》でいうとヤギみたいな顔の、若《わか》い男の人だった。おびえきったようすで、細い体を半分に折《お》るようにして、ひたすらあやまっている。

「ごめんなさい。ごめんなさい。かんべんしてください」

「で、何を食べたんですか」

書類《しょるい》を広げながらお父さんが聞く。

「えっと、ラーメンと、ぎょうざ、です」

「ぎょうざは大盛《おおも》りだろ」

横《よこ》から辰《たつ》さんがつっこむ。

「はい！　そうでした、大盛《おおも》りでした、すみません！」

「そのあと、半チャーハンも、追加《ついか》して食べただろうよ」

　辰《たつ》さんが腕《うで》組みをする。

「はい！　すみません！　半《はん》チャーハンも、食べました！」

　お父さんがメモを取《と》りながら、食い逃《に》げ客《きゃく》をたしなめる。

「だめですよー、食べたら、お金、はらわなきゃ。３品《ぴん》も食べたんでしょう？　しかも、ちょっとずつ少なめに言おうとするのやめてもらえます？　それで、と。ラーメンは、しょうゆ？　それとも、みそ？」

「あっと、いえ、塩《しお》ラーメンを……」

それを聞いたお父さんが顔をしかめる。

「塩《しお》？　辰龍《たつりゅう》で食べるなら、しょうゆラーメンが一番《いちばん》おいしいのに。チャーシューは？　のせました？」

「いえ、トッピングは、もやしを……」

「だめですよ～、あの店は、もやしのせたら、ラーメン、ぬるくなっちゃうから」

それはないない、と手をふるお父さんに、

「なんの話だよ、食い逃《に》げの話だろ」

と辰《たつ》さんが不機嫌《ふきげん》そうに言う。ああそうだった、とお父さん。

「お金、ないわけじゃないんでしょう？　はらってくださいよ」

「はい！　レジにだれもいなかったので、本当につい、出来心《できごころ》で！　絶対《ぜったい》に、もうしません。二度《ど》としません。はらいます。だから、どうかおそわないでください！　こわいよう」

両手《りょうて》をすりあわせる食い逃《に》げ客《きゃく》を見て、辰《たつ》さんが、あきれ顔で言う。

「おそわないでって。とって食ったりしないよ」

すると、食い逃《に》げ客《きゃく》は、青い顔をしてお父さんを指《ゆび》さした。

「だって、このおまわりさん！　ぶわあああ、って、お、お、大《おお》きなゴリラになったんですよ！」

みんなお父さんのほうを見る。……大きなゴリラ？

辰《たつ》さんが苦笑《にがわら》いして、食い逃《に》げ客《きゃく》の肩《かた》に手を置《お》いた。

「失礼《しつれい》なことを言うやつだねえ。たしかにこのおまわりさんは、ちょっと、ゴリラに似《に》てるかもしれないよ。ちょっとかな、まあ、けっこう？　似《に》てるっちゃ、たしかに似《に》てるよ。ゴリラでしょ？　みんなそう思ってはいるよ。でも、いい大人が、おまわりさんに面《めん》と向《む》かって、『ゴリラ！』なんて言っちゃだめだよ。『ゴリラみたいなすごい顔でウホウホおっかけてきた』ってことだろう？」

辰《たつ》さん、それもじゅうぶん失礼《しつれい》だと思うけど……。食い逃《に》げ客《きゃく》は今にも泣《な》きそうな顔で言った。

「ちがいます、本当《ほんとう》に、見たこともないような、黒い大きなゴリラになったんです。お金なら、はらいますから、ボクを食べないでください」

食い逃《に》げ客《きゃく》は、なみだ目でラーメン代《だい》を机《つくえ》の上に置《お》くと、逃《に》げるように出ていった。

そこに、お母さんがお茶を運《はこ》んできた。

「あら、お茶も飲《の》まずに帰っちゃったのね」

お父さんは、何度《なんど》もゴリラと言われたのを気にしたのか、かがみにうつる自分とにらめっこしている。辰《たつ》さんが、お父さんの肩をポンポンとたたいた。

「いやあ、たいしたもんだよ。食い逃《に》げ客《きゃく》をつかまえてくれて、たすかったよ。さすが、商店街《しょうてんがい》のおまわりさん」

「……そんなに似《に》てる？　みんなそう思ってる？」

「ああゴリラの話？　いやいや、思ってない思ってない。ノリでおおげさに言っただけだから。気にしないで、今度《こんど》、ラーメン食べに来て。ごちそうするからさ」

じゃあな、ようじろう、と辰《たつ》さんはぼくのねぐせ頭をモシャモシャなでて、笑顔で帰っていった。

3 お父さんがゴリラになった！

その夜のことだ。

おふろからあがったぼくは、パジャマを着《き》て、バスタオルでかみの毛をふく。リビングに行くと、テレビでは、野球《やきゅう》をやっていた。お父さんの好《す》きなハイスターズの試合《しあい》だ。5対《たい》1で、負《ま》けている。

「もう9回なんでしょう。4点差《さ》つけられちゃってるんじゃ、無理《むり》だよ」

ぼくが言うと、

「何言ってるんだ、ようじろう。『野球《やきゅう》は9回2アウトから』って言葉《ことば》、知らないのか」

お父さんが応援《おうえん》しているハイスターズのバッターが、大きくバットをふった。

打球《だきゅう》がのびる。そして、ぼくの目の前ですごいことが起《お》こった。

「大きい、大きい、いけえ！　はいれ！　よっしゃ、見たか、ホームランだ！

３点入った、こりゃひっくり返《かえ》すぞ！」

ぼくは目をまるくした。すごいことが起《お》こったのは、野球《やきゅう》のほうじゃない。お父さんのほうだ。

ビール片手《かたて》に大興奮《だいこうふん》で、声を上げているお父さんを見ると、なんと、その姿《すがた》は、大きな、真《ま》っ黒《くろ》い、毛むくじゃらの、ゴリラだったのだ。いつものお父さんの大きさの、３倍《ばい》はある。

ぼくは自分の目をうたがった。

――ゴリラが立ち上がって、よろこんでる。

目をこすって、もう１回見る。

――ゴリラが、ＣＭを見ながら、ビールをついでいる。

ぼくがおかしくなったのか？

――ゴリラが、あと１点♪と、はなうたを歌いながら、小おどりしている。

お母さんは台所《だいどころ》にいて、気づいていない。

ぼくはあわてて、お父さんを、かがみのある洗面所《せんめんじょ》に連《つ》れて行った。正確《せいかく》には、連《つ》れて行こうとして、苦戦《くせん》した。

「お父さん、ちょっと！　洗面所《せんめんじょ》に行こう！」

「何だよ、ようじろう」

「いいから早く！　歩いて！　前に進《すす》んで！　洗面所《せんめんじょ》でかがみ、見て！」

「かがみ？　お父さん、大事《だいじ》な野球《やきゅう》見てる最中《さいちゅう》なんだよ。逆転《ぎゃくてん》するところなんだぞ。もうすぐＣＭ終《お》わっちゃうだろ」

「それどころじゃないんだってば！」

ゴリラ状態《じょうたい》のお父さんを全力《ぜんりょく》でひっぱり、背中《せなか》を押《お》し、なんとか洗面所《せんめんじょ》に両手《りょうて》でぎゅうぎゅうと押《お》しこんで、ドアをしめる。

「なァようじろう、たのむから、後にしてくれよ。今お父さん、野球《やきゅう》が本当にいいところ……**うおおおおお！**」

洗面所《せんめんじょ》のかがみで自分の姿《すがた》を見たお父さんが絶叫《ぜっきょう》した。そりゃあそうだ。かがみには、うつりきらないような大《おお》きな黒《くろ》いゴリラが、うつってるんだから。

「ようじろう、大変《たいへん》だ。ゴ、ゴリラだよ！」

ヨゴレを
トルネード

お父さんが言う。

「おれと同じように動《うご》くよ！　いや、おれが、ゴリラだよ！」

「わかってるよ！　だから、かがみ見てって、何度《なんど》も言ったじゃん」

「なんでこんなことに？？？？」

黒いゴリラが、毛むくじゃらな手で頭をかかえる。

やっと問題《もんだい》を共有《きょうゆう》できた。

「ぼくが聞きたいよ、お父さん、なんでゴリラになっちゃったの」

「ようじろう！　どうやったらもどれる？　おれ、どうしたらいい？」

「知るわけないよ、どうしてゴリラになっちゃったの。もうもどれないの？」

この上《うえ》なくワタワタしているところに、お母さんの声がした。

「なんなのー、ふたりして、大きい声出して」

ろうかからお母さんがこっちにくる。ぼくとお父さんは、顔を見合わせた。

ぼくはできるだけ、ふつうな声で、答える。

「なんでもないよ～、お母さん。今、おふろ入るところ～」

「何言ってるの、ようじろう。さっきおふろ入ったばっかりじゃないの」

そうだった。洗面所《せんめんじょ》のドアの取《と》っ手《て》に、お母さんの手がかかる。

「えっと、でも、お父《とう》さんともう1回、入るから！」

そう言ってぼくは洗面所《せんめんじょ》のドアを押《お》さえた。お父さんも、この姿《すがた》を見られては大変《たいへん》と、すっとんきょうな声を出す。

「きゃー、いやー、お母さんが、おれのおふろを、のぞこうとするうー。今、おれは、はだかなんですー」

「ばかね、もう。のぞいたりしないわよ」

お母さんが、洗面所《せんめんじょ》のドアから手をはなした。ろうかをスタスタと台所《だいどころ》にもどっていく足音がする。ぼくとお父さんは安心《あんしん》して、ほうう、とため息《いき》をついた。

すると、お父さんが、大《おお》きなゴリラから、ゆっくり、ゆっくりと、いつものお父さんにもどった。


ぼくとお父さんは、せまい洗面所《せんめんじょ》にすわりこんだ。

「人間に、もどれたな……」

お父さんがつぶやく。

「もどれたね……」

ぼくもつぶやく。

「ゴリラ、だったよな……」

「ゴリラ、だったね……」

「こわかったな……」

「こわかったね……」

「おれ、もどれないかと思ったよ……」

「ぼくもだよ……」

それからしばらく沈黙《ちんもく》がつづいて、ぽつりとぼくが言った。

「お父さんて、ゴリラだったの？」

「そんなわけあるかよ。ごくふつうの、人間だよ。すくなくとも、今の今まで、人間だと思って生きてきたよ。なんでゴリラに……」

「ゴリラになったのは、初《はじ》めて？」

「これが2度目《どめ》のゴリラなんです、とか、あるか？　初《はじ》めてにきまってるだろう」

ぼくは、ちょっと考えてから、言《い》った。

「いや、本当に、2度目《どめ》のゴリラかも」

お父さんがどういうことかと、ぼくを見《み》る。

「お父さん……食い逃《に》げ客《きゃく》の人に、大きなゴリラになったって、言われてたよね」

「あ…」

お父さんも思い当たったようだ。

それから、ぼくとお父さんが考えたことは、こうだった。

もしかしたら、お父さんは、興奮《こうふん》すると、ゴリラになってしまう体質《たいしつ》に、なってしまったんじゃないだろうか。

どうしてなのか、いつからそうなったのかは、わからないけれど。

だから、食い逃《に》げ客《きゃく》の男を追《お》いかけたときも、興奮《こうふん》して、ゴリラの姿《すがた》になった。野球《やきゅう》の応援《おうえん》をしているときも、ゴリラの姿《すがた》になった。食い逃《に》げ客《きゃく》の言っていたことは、きっと本当だったんだ。

「いつからそうなったか、こころあたりは、ないの」

ぼくは聞いた。

「こころあたりって、言《い》われてもなあ」

お父さんが腕組《うでぐ》みをして、考えこむ。ぼくも考える。

「いつもとちがうことをしたとか、いつもとちがうものを、食《た》べたとか」

お父さんは、うつむいていた顔をあげて、言った。

「人にもらったバナナなら、食べたけど」

バナナを食べたら、ゴリラになった？

あえて言うけど……そんなバナナ。

4 相談《そうだん》しよう　そうしよう

結局《けっきょく》、洗面所《せんめんじょ》でお父さんと話し合った結果《けっか》、病院《びょういん》に行っても、きっとおどろかれるだけで、治《なお》す薬《くすり》なんてないだろうし、おまわりさんなのに興奮《こうふん》するとゴリラになるなんて、町の人を不安《ふあん》にさせるし、とりあえず、興奮《こうふん》しなければ人間でいられるみたいだから、なるべく興奮《こうふん》しないようにして、しばらく様子《ようす》をみよう、ということで、いったん、話が落《お》ち着《つ》いた。

洗面所《せんめんじょ》から部屋《へや》にもどろうとすると、お母さんが、ぼくを呼《よ》びとめた。

「ようじろう、さっき、電話があったわよ。同じクラスの、森川《もりかわ》みさきちゃんから。電話、かけてあげて」

森川《もりかわ》さんは、ぼくのとなりの席《せき》の女の子だ。美人《びじん》さんで、頭もいい。

となりの席《せき》になるまでは、ツンとした、冷《つめ》たい感《かん》じかと思っていた。ニコニコ笑《わら》っているのも、あんまり見たことがなかったからだ。でも、となりの席《せき》になってみたら、ぼくが消《け》しゴムを忘《わす》れた時に、貸《か》してくれたり、授業中《じゅぎょうちゅう》に、ノートに書いた先生の似顔絵《にがおえ》をぼくに見せてきたり、思っていたよりずっと、話しやすい子だった。

ぼくが森川《もりかわ》さんに電話をかけると、森川《もりかわ》さんは言った。

「連絡《れんらく》とれて、よかった。ようじろうくんの算数のノート、まちがえてわたし、持《も》って帰《かえ》ってきちゃったみたいで。今《いま》、わたしが持《も》ってるの。ごめんね。明日、学校に持《も》っていくけど、困《こま》ってなかった？」

「あー……」

算数の、ノート。お父さんのゴリラ事件《じけん》から、急《きゅう》に現実《げんじつ》にもどされた気がする。

「ぜんぜん、気づかなかった……」

ぼくの間のぬけた返事《へんじ》を聞《き》いて、森川《もりかわ》さんが言う。

「だよね。ようじろうくん、家でノート出して勉強《べんきょう》するってタイプにも、見えないしね」

ごもっともです。

歯切《はぎ》れのいい、いかにも頭のよさそうな森川《もりかわ》さんの声を聞いていたら、たしか森川《もりかわ》さんのお父さんは、お医者《いしゃ》さんだった、ということを思い出した。……お医《い》者《しゃ》さん！

じゃあノート明日わたすね、と電話を切ろうとする森川《もりかわ》さんに、

「あのさ！」

とぼくは言った。

「森川《もりかわ》さんって、お父さん、お医者《いしゃ》さんじゃなかったっけ」

「そうだけど」

「色んな患者《かんじゃ》さんが、いるよね」

「まあ、そうだろうね」

とはいえ、さすがに、興奮《こうふん》するとゴリラになっちゃうんです、という人は、なかなかいないだろう。でも、森川《もりかわ》さんなら、ちゃんと説明《せつめい》して、真面目《まじめ》に相談《そうだん》したら、何かいいアドバイスをくれそうな気《き》がした。

「あのさ、変《へん》なことかもしれないけど、ちょっと相談《そうだん》、してもいい？」

「相談《そうだん》？　なに？　どうしたの」

「じつは、さ……」

「うん」

「うちの、お父さんが」

「うん」

「お父さんが、ゴ……」

「ゴ？」

　ゴリラになったんだけど、どうしたらいいと思う？　なんて、やっぱり言《い》えるわけがない。

「ゴ、ゴ、ごはん、最近《さいきん》、食べすぎだと思うんだけど、心配《しんぱい》、だよね？」

　上ずった声でぼくが言う。

「なんだ、そんなこと？　深刻《しんこく》そうな

声で言うから、何かと思った。うちのお母さんだって、お菓子《かし》がとまらないって、よく言ってるよ」

「だけど、それだけじゃなくて、ゴ……」

「ゴ？」

言いたい。だけど、言えない！

「ゴ、……５人分も、食べるんだよ」

「えー！　５人分も？　それはさすがに、食べすぎだね」

「う、うん。それで、ゴ……」

「ゴ？」

言え、言うんだ、ようじろう！

「なによ。まだあるの。ハッキリ言いなさいよ」

「わかった。言うよ！　ハッキリ言う」

そうだ、ぼくも男だ！

「じつは！　お父さんが！　ゴリ！」

「ゴリ？」

「そう……あの、ゴリ、ゴリ、……ゴリ、おし、してくること、ない？　勉強《べんきょう》しろ！　とかって、さ。もう、それは、ゴリゴリと、って感《かん》じで」

「ああー、それねー。そういう悩《なや》みね。親《おや》が言《い》ってくることってさあ、」

森川《もりかわ》さんが、ちょっと考えてから言う。

「音のはずれた応援歌《おうえんか》と似《に》てない？」

「え、音《おと》のはずれた？」

ぼくが聞き返《かえ》して、森川《もりかわ》さんが答える。

「そう。応援《おうえん》してくれるのはありがたいんだけど、なんかズレてるし、うるさい」

ああー、うまいことというねえ、って。

ああ。ゴリラの件《けん》、やっぱり言えなかったや……。

5 宇宙《うちゅう》じいさん

その夜、ぼくは、なかなか寝《ね》つけなかった。当たり前だ。自分のお父さんが大きなゴリラに変身《へんしん》するのを見たのに、あっさりグーグー寝《ね》られる子なんかいるだろうか。

そして夜中の何時ごろだろうか、布団《ふとん》をかぶって、やっとウトウトしかけた時、ハッと思い出したことがあった。思い出したのは、「宇宙《うちゅう》じいさん」の話だ。

宇宙《うちゅう》じいさん、というのは、近所《きんじょ》に住《す》んでいる、かなり変《か》わったおじいさんのことだ。「もうすぐ地球《ちきゅう》に宇宙人《うちゅうじん》が来る」だの、「今、宇宙人《うちゅうじん》は天王星《てんのうせい》を調査《ちょうさ》している」だの、そんなことばっかり言っているので、「宇宙《うちゅう》じいさん」と呼《よ》ばれて、変人《へんじん》あつかいされている。

商店街《しょうてんがい》からすこし離《はな》れた高台に、むかし天体観測所《てんたいかんそくじょ》だった古い建物《たてもの》があって、そこに住《す》んでいるのだ。そのあたりは、うっそうと緑《みどり》が茂《しげ》っていて、今ではだれも近づかない。

宇宙《うちゅう》じいさんについては、「昔《むかし》、宇宙《うちゅう》ロケットの開発《かいはつ》をしていた科学者《かがくしゃ》らしい」とか、「天体観測所《てんたいかんそくじょ》を作《つく》ったのがあのじいさんだ」とか、「ノーベル賞《しょう》をもうちょっとでもらえるところだったのに、もらえなかったから気が変《へん》になったらしい」とか、いろんなうわさがあって、本当のところはわからない。でも、その宇宙《うちゅう》じいさんが、ついこのあいだ、こんなことをふれまわっていたんだ。

「宇宙人《うちゅうじん》は、人間を、ゴリラにしようとしている！」

もちろん、そんな話、みんな相手《あいて》にしない。

「うわあ、おれ宇宙人《うちゅうじん》にゴリラにされたあ、ウホウホ」

「ぎゃははは」

ぼくも、小学校の友だちといっしょに、笑《わら》いとばして本気にしなかったから、すっかり忘《わす》れていたけれど……。もしかして、その話、本当だったりして。だから、お父さんがゴリラに……。いやいや。夜中だから、こんな変《へん》なことを考えるのかな、と、もう一度布団《どふとん》をかぶる。宇宙人《うちゅうじん》とか、ナシだろう。

でも、今、唯一《ゆいいつ》、お父さんがゴリラになってしまう話をする相手《あいて》として、のぞみがあるとすれば、宇宙《うちゅう》じいさん、なんじゃないだろうか。みんなには変《へん》な人だと思われてるけど、お父さんは、悪《わる》い人じゃないと言っていたっけ。

こうなったら、勇気《ゆうき》を出して、宇宙《うちゅう》じいさんの所《ところ》に行って、それとなく、遠まわしに、1回、聞いてみる、とか……。

やっぱりあやしいおじいさんだから、やめておいたほうがいいかな。

6 天体観測所《てんたいかんそくじょ》へようこそ

「なにィ！　もうゴリラバナナを開発《かいはつ》してきおったか！」

ぼくとお父《とう》さんの話《はなし》を聞《き》くなり、宇宙《うちゅう》じいさんは開口《かいこう》いちばんそう言《い》った。

「ゴ、ゴリラバナナ？」

「人間が食べると、ゴリラになるバナナじゃよ。宇宙人《うちゅうじん》が、つくったんじゃ」

ぼくとお父さんは目をしろくろさせた。

ぼくは結局《けっきょく》、お父さんに相談《そうだん》して、だめもとで、いっしょに宇宙《うちゅう》じいさんのいる天体観測所《てんたいかんそくじょ》に来てみたのだ。うっそうとした森の奥《おく》にある天体観測所《てんたいかんそくじょ》は、たくさんツタがからまっていて、どこが入り口かわからないくらいだった。

要塞《ようさい》のようなコンクリートの建物《たてもの》の中に入ると、見学に行ったことのある、テレビ局《きょく》みたいに、たくさんのモニター画面《がめん》が並《なら》んでいた。それから、何か大きな機械《きかい》を分解《ぶんかい》したような、金属《きんぞく》のパーツやなんかが、所《ところ》せましと置《お》かれている。机《つくえ》の上には、難《むずか》しそうな本やら書類《しょるい》やらが、山づみになっていて、ちょっとさわったらなだれが起《お》きそうだ。

とつぜん会いに来て、『お父さんが興奮《こうふん》するとゴリラに変身《へんしん》する』なんて、たしかにこちらもおかしな話をしたけれど、『ゴリラバナナ』って。そんな話、信《しん》じられる？

「それにしても、おまえさん、すごいねぐせじゃな。これはどうなっておるんじゃろう」

宇宙《うちゅう》じいさんがぼくの頭を見て、眼鏡《めがね》を外《はず》して目を細める。

「あの、ぼくのことはいいので、お父さんを……」

「おお、そうじゃった」

宇宙《うちゅう》じいさんは、今度《こんど》はお父さんをいぶかしげにながめると、顔やら背中《せなか》やらおしりやらを、スリスリとさわった。お父さんが居心地《いごこち》のわるそうな顔《かお》をする。

宇宙《うちゅう》じいさんは言《い》った。

「ゴリラになるはずが、どうして今は人間でいられるんじゃろう？」

「もしかして……」

話を信《しん》じたわけじゃないけど、ぼくは言った。

「半分しか、食べなかったから？」

そう。あの時、お父さんは、食い逃《に》げ客《きゃく》を追《お》いかけに出たから、バナナを半分しか食べていなかったんだ。宇宙《うちゅう》じいさんは、ははあん、なるほど、といった様《よう》子《す》でうなずくと、

「それで半分ゴリラ、なのじゃな。おそらくまちがいないじゃろう」

とつぶやいた。

宇宙《うちゅう》じいさんは、宇宙《うちゅう》の様子《ようす》がうつし出されたモニターをぼくたちに見せながら、説明《せつめい》してくれた。

「広い宇宙《うちゅう》の安全《あんぜん》を、定期的《ていきてき》に、見《み》まわっている宇宙人《うちゅうじん》たちがおってな。地球《ちきゅう》を調査《ちょうさ》しに来《き》たのは、わしが調《しら》べたかぎり、おそらく1億年《おくねん》ぶりのことじゃ」

「どうして、そんなことがわかるんですか」

遠慮《えんりょ》がちにぼくが聞く。宇宙《うちゅう》じいさんは答《こた》えた。

「この天体観測所《てんたいかんそくじょ》で、わしは宇宙《うちゅう》の電波《でんぱ》を受信《じゅしん》することに成功《せいこう》した。まあ、盗聴《とうちょう》みたいなもんじゃ。宇宙人《うちゅうじん》の会話を、とぎれとぎれにだが、聞くことができる。言葉《ことば》の意味《いみ》も、だいぶわかるようになってきた。翻訳機《ほんやくき》も、もうすぐ完成《かんせい》する」

宇宙《うちゅう》じいさんは、小さな白いイヤホンのようなものを手に取《と》った。

宇宙語《うちゅうご》を、日本語《にほんご》にかえる、翻訳機《ほんやくき》。宇宙《うちゅう》じいさんは、英語《えいご》、ドイツ語、フランス語、アラビア語などなど、なんと8か国語も使《つか》いこなせると、うわさで聞いたことがあるけれど。それが本当なら、9か国語めが、宇宙語《うちゅうご》というわけだ。

宇宙《うちゅう》じいさんは続《つづ》けた。

「どうやら、宇宙人《うちゅうじん》たちは、人間のことを、『危険《きけん》な進化《しんか》をして、地球《ちきゅう》をこわしている生《い》き物《もの》』と判断《はんだん》したらしい。それで、人間を、ゴリラにしてしまえば、地《ち》球《きゅう》が守《まも》れる、と考えたようじゃ」

それから宇宙《うちゅう》じいさんは、
黒板《こくばん》に、なにやらむずかしい図を書きはじめた。

「人間もゴリラも、祖《そ》先《せん》は同じ。人間とゴリラの遺伝子《いでんし》は、約《やく》98%《パーセント》は同《おな》じじゃと、言《い》われておる。そのちがいは約《やく》２%《パーセント》。ゴリラバナナは、その２%《パーセント》に作用するように、宇宙人《うちゅうじん》が開《かい》発《はっ》したんじゃ。人間が食べると、ゴリラになってしまう。それがゴリラバナナじゃよ」

7 宇宙人《うちゅうじん》がしゃべってる

宇宙《うちゅう》じいさんは、黒板《こくばん》からふり返《かえ》ると、おもむろに、

「聞いてみるか？」

とぼくに言った。

ぼくが、なにを？　という目で宇宙《うちゅう》じいさんを見る。

「宇宙人《うちゅうじん》の、会話じゃよ」

ぼくはゴクリとつばをのんだ。宇宙《うちゅう》じいさんは、

「まだ翻訳《ほんやく》しきれてないのじゃが」

と言いながら、パソコンのひとつをいじりはじめる。そして、画面《がめん》の中にある「再生《さいせい》」というところに触《ふ》れた。パソコンの画面《がめん》には波長《はちょう》みたいなものがうつり、食器《しょっき》をガチャガチャ重《かさ》ねた時《とき》のような雑音《ざつおん》が聞こえる。

そして、その雑音《ざつおん》に混《ま》ざって、声、のようなものが、聞こえてきた。これが、

宇宙人《うちゅうじん》の、会話？　ぼくとお父さんが、耳をすませる。
たしかに、とぎれとぎれだが、……聞《き》こえる。

『レイノ　バナナハ……　デキマシタカ』
バナナ！　そう聞き取《と》れた。
ぞぞぞっ、と鳥肌《とりはだ》が立つ。
『ハイ　……タイチョウ……モウスグ　ニンゲ…ヲ　ゴリ…ニ…レス』
ゴリ、とも言っている。
ゴリラのことだろうか。
『サクセンハ　マカセマシタヨ』
『ハイ。チキュウニハ　キュー……トイウモノガ　アリマス。
キュー……ノ　バナ…ヲ　……バ　オオゼイノ
……ガ　……ニ……ナナヲ　タベルノレス』
キュー？

キューって、言ってるみたいだけど、何のことだろう？

お父さんとぼくは、顔を見合わせた。

たしかに、これを聞くかぎり、宇宙《うちゅう》じいさんの言っていることは、正しいみたいだ。

宇宙人《うちゅうじん》が、人間をゴリラにしようとして、ゴリラバナナを開発《かいはつ》した。

もし、それが本当なら……。

「ひいいいいい！！！」

お父さんとぼくは、こわさのあまり、手に手を取《と》り合った。

「お父さん、こわいよ！　お父さんにバナナわたした人、宇宙人《うちゅうじん》だよ！」

「ようじろう、こわすぎるよ！　おれ、もしバナナ、全部《ぜんぶ》食べちゃってたら、今ごろ、身《み》も心も、ゴリラだったんだぞ！　もう、人間じゃなかったんだぞ！」

それもそうだ！　それもこわい。いやあああああ！

興奮《こうふん》したお父さんは、ゾワワッ！　ムクムクムクッ！　と大きなゴリラになってしまった。腰《こし》をぬかしたのは、宇宙《うちゅう》じいさんだ。話を聞いてはいたものの、急《きゅう》に大きなゴリラがとなりに出現《しゅつげん》したのだ、無理《むり》もない。

「ゴゴゴッゴ、ゴリラじゃ！」

しかし、そこはさすが科学者《かがくしゃ》、宇宙《うちゅう》じいさん。

毛むくじゃらのお父さんゴリラを、おそるおそるさわると、

「もふもふしておる……」

と感想《かんそう》をのべ、

「おまえさん、本当にゴリラになれるんじゃな！」

と、感激《かんげき》しだした。

「こりゃ、すごいのう♡はっは」

もはや、うれしそうだ。

お父さんがゴリラになっちゃって、本気で困《こま》っているぼくが、宇宙《うちゅう》じいさんを、小さくにらむ。宇宙《うちゅう》じいさんは、コホンとせきばらいした。

「これは、深刻《しんこく》な事態《じたい》じゃ」

さっきはうれしそうな顔、してましたけどね。

それから宇宙《うちゅう》じいさんは、こわい話をする時のような低《ひく》い声で、お父さんに聞いた。

「バナナをくれたのは、どんなやつじゃった？　覚《おぼ》えておるか？」

お父さんはゴリラのまま、思い出すのもおそろしいといった顔で言った。

「どんなって……普通《ふつう》の。スーツを着《き》た、若《わか》い、男の人でした。道を聞かれたから、教えてあげて。そしたら、お礼《れい》にどうぞって、バナナをくれたんです……」

お礼《れい》に、どうぞ。

こわすぎる。

3人とも、そのスーツの若《わか》い男《おとこ》が、

駐在所《ちゅうざいしょ》を出たあと、

ゆっくりと、

宇宙人《うちゅうじん》の姿《すがた》に、もどるのを、想像《そうぞう》した。

再《ふた》び、絶叫《ぜっきょう》がひびく。

「**いやあああ！！！**」

一番大きい声でさけんだのは、宇宙《うちゅう》じいさんだ。

いやいや、ぼくとお父さんが、「いやあああ」なのはわかるけど、宇宙《うちゅう》じいさんまで、なぜ絶叫《ぜっきょう》？

「わしも、宇宙人《うちゅうじん》、こわいんじゃ！」

宇宙《うちゅう》じいさんが、恥《はじ》も外聞《がいぶん》もなく言《い》い放《はな》った。


そんなわけで、ぼくの中の、宇宙《うちゅう》じいさんの情報《じょうほう》は、書きかえられた。

宇宙《うちゅう》じいさんは、たしかに変人《へんじん》だけど、悪《わる》い人ではなさそうで、うわさ以上《いじょう》の天才《てんさい》で、だれよりも、宇宙人《うちゅうじん》にくわしくて、そしてだれよりも、宇宙人《うちゅうじん》に、びびっている……。

8 武器《ぶき》ってこれですか？

……はあ。

ぼくとお父さんは、駐在所《ちゅうざいしょ》に帰ってきた。もちろん、お父さんが落《お》ち着《つ》いて、人間にもどってからだ。

お父さんは、銀色《ぎんいろ》のスーツケースを、ドン、と机《つくえ》の上に置《お》いた。銀行強盗《ぎんこうごうとう》が、現金《げんきん》を入れて運《はこ》びそうな、スーツケースだ。お母さんは、買《か》い物《もの》に行っている。

お父さんがスーツケースのふたを開《あ》ける。

うーむ。お父さんは、ため息《いき》をつき、ぼくは、腕組《うでぐ》みをした。

このスーツケース、何かというと。さっき、宇宙《うちゅう》じいさんにわたされて、持《も》って帰ってきたものなんだ。宇宙人《うちゅうじん》を想像《そうぞう》して、いやあああ、と3人で絶叫《ぜっきょう》した、そのあとのこと。宇宙《うちゅう》じいさんが、天体観測所《てんたいかんそくじょ》の奥《おく》から、なにやら頑丈《がんじょう》そうなスーツケースを、持《も》ち出してきたんだ。

「まだ開発中《かいはつちゅう》なんじゃが」

宇宙《うちゅう》じいさんの眼鏡《めがね》が、キラリと光った。

「いずれ、宇宙人《うちゅうじん》から身《み》を守らなければならない時《とき》がくる。そう思《おも》ってな」

まさか、武器《ぶき》！

武器《ぶき》を開発《かいはつ》していたのか。

宇宙《うちゅう》じいさんがスーツケースをガチャ、ガチャ、と開《あ》ける。どんなすごい武器《ぶき》が入っているのだろうと、ぼくとお父さんは、息《いき》をとめてのぞきこんだ。

銃《じゅう》から、ビームとか、出ちゃうやつ？　光っちゃう、ソード的《てき》なやつ？　それとも、なんかもう、進化《しんか》しまくった武器《ぶき》で、操作《そうさ》が複雑《ふくざつ》そうなやつ？？　ここだけは、ちょっとテンションが上がってしまう。

どきどきしながらのぞきこむと、そこに入《はい》っていたのは、大きくて、重《おも》そうな、2本の棒《ぼう》……だった。

「これは……えっと……」

ぼくが言葉《ことば》につまる。お父さんがひょうしぬけした声で聞いた。

「……もしかして、ヌンチャク？」

たしかに、ぼくのイメージより大きいけど、ヌンチャクだ。

ヌンチャクって、アチョー、って、やつでしょう。ひらたく言えば、振《ふ》りまわす棒《ぼう》だよね。原始的《げんしてき》すぎるでしょう。

「あの、なんかもっとこう、銃《じゅう》とか、ビームみたいなものとかじゃ、ないんですか」

「ばかもの。そんなことしたら、宇宙人《うちゅうじん》が死《し》んでしまうだろう」

宇宙《うちゅう》じいさんが眉《まゆ》をあげる。

「いいか、ねぐせ少年。われわれは、宇宙人《うちゅうじん》を傷《きず》つけてはいかんのだ。そうでなければ、わしらは、自分たちが、ゴリラにされて当然《とうぜん》の、乱暴《らんぼう》な生《い》き物《もの》だと、証明《しょうめい》するようなものじゃろう。今回の、わしらのミッションは、攻《せ》めてきた宇宙人《うちゅうじん》を、傷《きず》つけずに宇宙《うちゅう》に帰すこと。それができる武器《ぶき》が、必要《ひつよう》なんじゃよ。これは、そのために作った、特別《とくべつ》なヌンチャクなんじゃ」

宇宙《うちゅう》じいさんが、力をこめて説明《せつめい》しだした。

「このヌンチャクは、わしの改造《かいぞう》により！　強い力でまわすと、ハリケーン並《な》みの突風《とっぷう》が巻《ま》き起《お》こる仕組《しく》みになっておる。いいか。宇宙人《うちゅうじん》は、人間より、はるかにかるいんじゃ。宇宙《うちゅう》にいて、筋肉《きんにく》がないしな。よって、ヌンチャクをビュンビュンまわした風圧《ふうあつ》で、宇宙人《うちゅうじん》を空のかなたまで飛《と》ばし、宇宙《うちゅう》に帰っていただく。名付《なづ》けて、『ヌンチャクタイフーン』じゃ！」
ヌ、ヌンチャクタイフーン。
たしかに、海外のニュース映像《えいぞう》で、ハリケーンの突風《とっぷう》が、家や車を空たかくまで飛《と》ばしてるのを、見たことがある。あんな感《かん》じで、宇宙人《うちゅうじん》を、宇宙《うちゅう》まで飛《と》ばすって、ことか。

「ただ、人間の力では、そこまで強い力でこの大きなヌンチャクをまわせない」

そこ、一番だいじなとこなんじゃないの⁉という目《め》でぼくとお父《とう》さんが、宇宙《うちゅう》じいさんを見る。

「だからまだ開発中《かいはつちゅう》だと言ったろう！！！」

宇宙《うちゅう》じいさんが逆《ぎゃく》ギレした。

「しかしだ。今日ここに、一筋《ひとすじ》の希望《きぼう》が見えたといえよう。このヌンチャクをまわすのが、大きなゴリラなら、話は別《べつ》」

まさか。

宇宙《うちゅう》じいさんは、おごそかな面持《おもも》ちでお父さんの前に立った。

「さっき、変身《へんしん》したおまえさんを見て、わしは確信《かくしん》した。ゴリラの握力《あくりょく》は500キロ、パンチ力は2トンとも言われておる。おまえさんがゴリラの状態《じょうたい》でまわせば、ヌンチャクタイフーンを起こせる！」

宇宙《うちゅう》じいさんはそう言って、お父さんに、ヌンチャクを、手わたした。

「犬のおまわりさんならぬ、ゴリラのおまわりさん。このヌンチャクで、ヌンチャクタイフーンを起こせるようになってくれ。そして、宇宙人《うちゅうじん》から、人間を守《まも》るのじゃ！」

……とまあ、そんなわけで、ぼくとお父さんは、駐在所《ちゅうざいしょ》にヌンチャクを持《も》って帰ってきた、というわけだ。

ぼくは、ポケットから、もぞもぞとDVDをとり出す。

ブルース・リー主演《しゅえん》の『燃《も》えよドラゴン』のDVDだ。

『ヌンチャクといったらブルース・リーじゃ！　ブルース・リーといったらヌンチャクじゃ！　ヌンチャクをマスターするなら、これ一択《いったく》！』

と、宇宙《うちゅう》じいさんにわたされたやつだけど……。

これって、昔《むかし》の、有名《ゆうめい》なカンフー映画《えいが》だよね。ブルース・リーって人のDVD観《み》て練習《れんしゅう》しただけで、ヌンチャク

できるようになるかな……。

宇宙人《うちゅうじん》、いつ、どこに、ゴリラバナナを持《も》ってくるつもりなんだろう。


そういえば、と、ぼくは、お父さんに聞いた。

「お父さん」

「うん？」

「宇宙人《うちゅうじん》に、道を教えてあげたって言ってたけど、どこに行く道を聞かれたの」

お父さんが、ああ、という顔をする。

「そうだ。小学校だよ。小学校に行く道を聞かれたんだ」

とお父《とう》さん。小学校？

「小学校って、ぼくの通ってる、北町第二《きたまちだい》小学校？」

「そう。言われてみれば、なんでだろう」

ぼくも、お父さんも、うで組みをして、首をかしげる。

うちの、小学校への道を、宇宙人《うちゅうじん》が、聞いていった……？

9 ぼくの北町第二小学校《きたまちだいにしょうがっこう》

さて。ここがぼくの通う、北町第二小学校《きたまちだい》だ。

今《いま》は給食《きゅうしょく》の時間《じかん》。

「明日の朝、うちの班《はん》が、飼育小屋《しいくごや》のそうじ当番だからね」

班長《はんちょう》の三好《みよし》さんがシチューを食べながらそう言って、ぜんぜん聞いていない小沢《おざわ》くんが、

「ミカン、てさー、コカン、と一文字ちがいだよな！」

へらへらした顔で笑《わら》い、ちこくしたら怒《おこ》るからね、と三好《みよし》さんににらまれる。

「それ、ミカンじゃなくて、オレンジだし」

冷静《れいせい》につっこむのは、電話をくれた森川《もりかわ》さんだ。

「じゃあさー、給食《きゅうしょく》に出てくるもので、みんなで、ダジャレ、言おうぜ」

パンをほおばりながらヒロキが言って、

「えー、思いつかないから、無理《むり》～」

えっちゃんが恥《は》ずかしがる。

しっかり者《もの》の三好《みよし》さんに、お調子者の小沢くん、クールな森川《もりかわ》さんに、盛《も》り上げ上手なヒロキ、照《て》れ屋《や》のえっちゃん、それと、ぼく。これが給食《きゅうしょく》のときの、ぼくの班《はん》の顔ぶれだ。

「給食《きゅうしょく》に出てくるもので、ダジャレだからな。じゃ、ようじろうから」

「え、ぼく？」

ダジャレか。牛乳《ぎゅうにゅう》を飲《の》みこんで、給食《きゅうしょく》のメニューを思い出す。

「えっと……カレーが辛《かれ》え」

初歩的《しょほてき》すぎるダジャレ

に不意《ふい》をつかれたのか、班《はん》のみんなから笑《わら》いがおこる。

「オレんちのオレンジ」

と、小沢《おざわ》くんが、オレンジを持《も》ち上げる。

「パンを食べて、おなかパンパン」

パンをおかわりした、ヒロキが言う。

「シチューを食べながら、はなしチュー」

三好《みよし》さんのダジャレに、おお、ちょっとうまいかも、と歓声《かんせい》があがる。

えっちゃんは、

「えー、ゴメン、ほんとうに思いつかない！」

と頭を抱《かか》えた。

「パスかよー」

「だって思いつかないんだもん～」

「じゃあ森川《もりかわ》さん」

クールな森川《もりかわ》みさきが、何を言うかと、みんな注目《ちゅうもく》した。

「……プリンが、プリンプリン……？」

普段《ふだん》言いそうのないことを言う森川《もりかわ》さんに、みんな大爆笑《だいばくしょう》した。森川《もりかわ》さんも、顔を赤くして、自分のダジャレに苦笑《くしょう》している。森川《もりかわ》さんは、どうやら、プリンが好《す》きらしい。ランドセルにも、プリンのキーホルダーがついているのを、ぼくは知《し》っている。

それから、みんなより早《はや》く給食《きゅうしょく》を食べ終《お》わったヒロキが、お皿《さら》をレコードにみたてて、ラップ調《ちょう》で、歌いはじめる。

「キュ、キュ、キュ、給食《きゅうしょく》うまくてたまげたぜ、イエー♪

キューリじゃないよ、キューショクだYO《ヨー》♪

キューコンじゃないよ、キューショクだYO《ヨー》♪

オレは給食《きゅうしょく》がなにより大好《だいす》きさ、イエー♪」

ヒロキのデタラメなラップに、みんな笑《わら》う。

「こら。給食《きゅうしょく》の時間《じかん》に、大きな声出さないの」

安西《あんざい》先生がヒロキをたしなめて、クラスにまた笑《わら》いが起こる。

なんて平和《へいわ》なんだ。

ヒロキは小さい声で、うるさくしちゃってゴメンYO《コー》、とまだやっている。ぼくも笑《わら》う。

でも、あれ？　何かが、ひっかかった。何がひっかかったんだろう？

あ。「キュー」っていう言葉《ことば》だ。昨日《きのう》、宇宙《うちゅう》じいさんの家で、聞いた、宇宙人《うちゅうじん》の会話《かいわ》で、キュー、ってなんだろう、って、思ったんだっけ。

きゅーりじゃなくて、きゅーこんじゃなくて、きゅー、しょく……。

給食《きゅうしょく》。小学校。バナナ。……。

……！

まさかとは、思うけど！

10 ゴリラバナナ到着予定時刻《とうちゃくよていじこく》

学校が終《お》わり、小沢《おざわ》くんに、

「ようじろう、放課後《ほうかご》、ドッジボールしようぜぇ」

と言われたけれど、

「ぼく、今日は、用事《ようじ》ができて、また今度《こんど》！」

と答えて、ランドセルをつかんだ。

用事《ようじ》ってなんだよー、つきあいわりーなー、という小沢《おざわ》くんの声がおっかけてきたが、それをふりきって、ぼくは宇宙《うちゅう》じいさんの天体観測所《てんたいかんそくじょ》へ向《む》かった。

「たいへんだよ、もしかしたら、宇宙人《うちゅうじん》がねらってるのって！」

天体観測所《てんたいかんそくじょ》のドアを開《あ》けると、そこに、お父さんもいた。宇宙《うちゅう》じいさんがパソコンから顔をあげる。

「だれかと思ったら、ようじろうか。ねぐせがひどくてわからんかったわい」

宇宙《うちゅう》じいさんは、パソコンを指《ゆび》さした。

「きのうの宇宙人《うちゅうじん》の会話じゃが、解析《かいせき》できた。それでおまえのお父さんも、呼《よ》んだんじゃ。これを聞いてみろ」

『レイノ　バナナハ　デキマシタカ』
すごい。
今回は、ちゃんと日本語になってる。
『ハイ　ニョルニョルゾ　タイチョウ。
モウスグ　ニンゲンヲ　ゼンイン　ゴリラニ　デキルノレス』
『サクセンハ　マカセマシタヨ』
『ハイ。チキュウニハ　キューショクト　イウモノガ　アリマス。
キューショクノ　バナナヲ　ゴリラバナナニ　スリカエレバ　オオゼイノ
コドモタチガ　イッペンニ　ゴリラバナナヲ　タベルノレス』

『ナルホド　キューキューショクニ　ワレワレノ　バナナヲ　ダシマショウ』


やっぱりそうなのか。ぼくは、宇宙《うちゅう》じいさんをみた。

「わしも、キューキューと、何のことか、わからなかったんじゃが、給食《きゅうしょく》のことだったんじゃな。給食《きゅうしょく》のバナナを、ゴリラバナナにすりかえるつもりじゃ。まちがいない」

「それで、小学校への道を、聞いていったんですね」

とお父さん。

みんなが、給食《きゅうしょく》でゴリラバナナを食べたら……

全員《ぜんいん》、ゴリラになっちゃう！

もちろん、先生もだ。

宇宙《うちゅう》じいさんは、

「おまわりさん。道を聞いていった、スーツの男の映像《えいぞう》は、持《も》ってきたか」

と、お父さんに聞いた。

お父さんが、小さなＵＳＢメモリをポケットから出す。

「これが商店街《しょうてんがい》の、防犯《ぼうはん》カメラの映像《えいぞう》です」

防犯《ぼうはん》カメラの、映像《えいぞう》。

例《れい》の、スーツの男が、うつってるのか！

「でも、ただの、普通《ふつう》の人にしか、見えないですよ」

宇宙《うちゅう》じいさんが、受《う》け取《と》ったＵＳＢメモリを機械《きかい》に差《さ》しこむ。

たしかに、再生《さいせい》すると、ただ、スーツの男が、駐在所《ちゅうざいしょ》から出て、カメラの方向《ほうこう》に向《む》かって歩いてきて去《さ》っていくだけの映像《えいぞう》だ。

宇宙《うちゅう》じいさんが、映像《えいぞう》を解析《かいせき》して、できるかぎりアップにしてみる。男の顔が、大きくうつる。こんなに大きくアップにできるんだ。

あれ。ふつうの、人間にしか見えなかった顔が。

顔の、肌《はだ》が。

駐在所《ちゅうざいしょ》の入り口から、歩いて、はなれるにつれ……。

ぼくは、お父さんにだきついた。

「肌《はだ》が！　な、なんか、肌《はだ》が、半透明《はんとうめい》になってくよ、お父さん！」

だんだん、シャボン玉と、なめくじの間みたいな肌《はだ》に、なっていった。お父さんも、ぼくにだきついた。

「目も、白目がなくなって、真《ま》っ黒《くろ》くなったよ、ようじろう！」

ほんとだ、スーパーで売ってるイカの目みたいだ！　いやああああ。

こここ、これが宇宙人《うちゅうじん》なの？

宇宙《うちゅう》じいさんは、

「わしもこわいんだから、ピーピーさわぐな！　スーツの胸《むね》に、なにかバッジがついておる」

と、言いながら、胸元《むなもと》の映像《えいぞう》をさらに、アップにした。たしかに、この宇宙人《うちゅうじん》、胸《むね》に金色のバッチをつけている。だれかの、顔を、かたどったような？

「これが宇宙人《うちゅうじん》の、ボスの顔なのかもしれんな」

宇宙《うちゅう》じいさんが言った。

「枝豆《えだまめ》みたいなアタマですね」

とお父さん。たしかに、お父《とう》さんがビールを飲《の》むときに、おつまみに出てくる枝《えだ》豆《まめ》を大きくして、横《よこ》にしたみたいな頭だ。その下に、小さめの、顔。はっきりは見えないけど、これが、宇宙人《うちゅうじん》の、いちばんえらい、ボスの顔なのか。


「給食《きゅうしょく》にバナナが出る日はいつじゃ」

宇宙《うちゅう》じいさんに聞かれる。そうだ、こんだて表《ひょう》。

ぼくは、背負《せお》っていたランドセルを開《あ》けて、こんだて表《ひょう》のプリントを取《と》り出して広げた。つもりが、広げたのは、20点しか取《と》れなくて、見せていないテストだったので、すばやくランドセルに押《お》しこんだ。

「ん、そのプリントはなんだ、ようじろう」

とお父さん。

「今のは理科のテストじゃろう？　20点？　信《しん》じられんな。わしは100点以外《いがい》とったことがないぞ」

なんて動体視力《どうたいしりょく》がいいんだ。

「今はどうでもいいじゃん、それどころじゃないじゃん。あった、これだ」

ぼくは今度《こんど》こそ、こんだて表《ひょう》のプリントを広げた。

「バナナ……バナナ……みつからないよ。今月じゃないんじゃないの？」

「いや、あった」

とお父さん。

本当だ、あった。あげパン、牛乳《ぎゅうにゅう》、デザート、バナナ。

日にちを見る。

うそでしょ？

もう1回見る。

「……明日だ！！！」

ぼくたちは顔を見合わせて、言葉《ことば》をなくした。

どうすんの？

ねえ、どうすんの？

明日だよ？　これ以上《いじょう》ない、ピンチだよ！

あまりのことに、宇宙《うちゅう》じいさんも、お父さんも、かたまってしまった。宇宙人《うちゅうじん》、目光らせて、攻撃《こうげき》してきたり、しないよね？　ぼくたち、生きて帰ってこれるよね？

ぼくは、心の声がもれていたようで、宇宙《うちゅう》じいさんが静《しず》かに返事《へんじ》をしてくれた。

「今まで盗聴《とうちょう》してきたかぎり、ゴリラバナナを持《も》ってくる宇宙人《うちゅうじん》たちは、とても温和《おんわ》な生《い》き物《もの》じゃ。争《あらそ》いも、好《この》まない。とはいえぶっちゃけ、わしもこわい」

その時、なにかレーダーのようなものが、ピーピーと鳴った。

宇宙《うちゅう》じいさんが、

「宇宙人《うちゅうじん》の会話を、新たにキャッチしたようじゃ」

と言って、パソコンをいじりはじめる。

カチャカチャ。

宇宙語《うちゅうご》の会話を、宇宙《うちゅう》じいさんが、翻訳機《ほんやくき》にかける。この人、やっぱり天才だ。

宇宙語《うちゅうご》は、すっかり、日本語に訳《やく》されて聞こえてきた。

『タイインノ　ミナサンン。
サクセンヲ　カクニンシマスヨ』
『ハイ、ニョルニョルゾタイチョウ！』
『ゴリラバナナヲ　モッテイクノハ　ショウガッコウノ　キュウショクシツ』
『キュウショクシツ！』
『チキュウノ　バナナト　ゴリラバナナヲ　スリカエマス』
『スリカエマス！』
『ジカンハ　チキュウジカンデ　アサ　7ジ』
『アサ　7ジ！』
『ケッコー　ハヤイデスカラ　キョウハ　ハヤメニ　ネテクラサイネ』
『ラジャー！』

朝、7時！

場所《ばしょ》は、北町第《きたまちだい》二小学校の、給食室《きゅうしょくしつ》！

ぼくは、お父さんと、宇宙《うちゅう》じいさんを見る。

さすが大人だ、ふたりとも、覚悟《かくご》を決《き》めた顔にきりかわっていた。

「明日、わしらも、朝7時に給食室《きゅうしょくしつ》に行くぞ」

宇宙《うちゅう》じいさんが言《い》う。

お父さんも、気合を入れるように、自分の顔を両手《りょうて》でパンパンとたたいて、うなずいた。

「宇宙人《うちゅうじん》を、宇宙《うちゅう》に飛《と》ばして、ゴリラバナナを回収《かいしゅう》すればいいんですよね。北町《きたまち》第《だい》二小学校の、給食《きゅうしょく》を、守《まも》ります」

お父さん、やる気だ。いつになく、真剣《しんけん》だ。

ぼくたちは、確認《かくにん》しあった。

ぼくたちの集合時間《しゅうごうじかん》は、朝6時30分。宇宙人《うちゅうじん》たちより、少し早く着《つ》くためだ。

ぼくたちの集合場所《しゅうごうばしょ》は、学校の裏門《うらもん》。裏門《うらもん》に集合《しゅうごう》してから、給食室《きゅうしょくしつ》に向《む》かう。

宇宙《うちゅう》じいさんが言う。

「わしは、明日までに、宇宙語《うちゅうご》が日本語に聞こえるイヤホンを、３人分用意《ようい》しよう。敵《てき》が何を言っているかわからねば、戦《たたか》いようがないからな。それから、ゴリラバナナと地球《ちきゅう》のバナナを見分けるための、バナナチェッカーも必要《ひつよう》じゃな。まあ、徹夜《てつや》すれば、朝までに、なんとか作《つく》れるじゃろう」

お父さんも、力強く答えた。

「明日の朝までに、必《かなら》ず、ヌンチャクタイフーンをマスターします」

さあ、もう一度《ど》確認《かくにん》しよう。作戦《さくせん》はシンプルだ。

今日、ヌンチャクタイフーンを、マスターする。

明日の朝、宇宙人《うちゅうじん》を、宇宙《うちゅう》に飛《と》ばす。

ゴリラバナナを、回収《かいしゅう》する。

そして普通《ふつう》のバナナが、給食《きゅうしょく》に出る。

うん。口で言うのは簡単《かんたん》だけど……。

ぼくは、お父さんと宇宙《うちゅう》じいさんの服《ふく》をひっぱった。

「そんなこと、本当にできると思う⁉」

お父さんも、宇宙《うちゅう》じいさんも、

自信《じしん》なさげに目をおよがせた。

11 ヌンチャクゴリラ誕生《たんじょう》

ああ。
できるかどうかじゃない。やるしかないんだ。
お父さんといっしょに家に帰ると、お母さんが玄関《げんかん》で待《ま》っていた。
「遅《おそ》かったわね、ようじろう。お父さんといっしょだったのね。もうお夕飯《ゆうはん》の時間よ。
ちょっとちょっと、ただいま、くらい言いなさいよ、ふたりとも」
ごめん。お母さん。ぼくら、今、ただいま、を言う元気と余裕《よゆう》がありません。
明日、なんでしょ。明日、宇宙人《うちゅうじん》、来ちゃうんでしょ。ヌンチャクタイフーン？
そんなものが、1日で、できるようになったりします？
「今日のお夕飯《ゆうはん》は、ふたりの好《す》きなから揚《あ》げよ」
うん。から揚《あ》げは、いただきます。
お父さんはヌンチャクをマスターするため、ブルース・リーの『燃《も》えよドラゴン』を、DVDプレイヤーにセットした。から揚《あ》げをほおばりながら、だまって、観《み》る。

「ちょっとー、テレビばっかり見ないで、ごはんに集中《しゅうちゅう》してよね。サラダも食べて」

お母さんが、ぼくとお父さんのお皿《さら》に、サラダをよそる。

「ねえ、なんで急《きゅう》にカンフー映画《えいが》なの。お母さん、『どすこい刑事《でか》』見《み》たいんだけど」

お母さんは、刑事《けいじ》もののドラマが好《す》きで、なかでも『どすこい刑事《でか》』が、お気に入りなのだ。

5人組のおすもうさんが、毎回、巡業先《じゅんぎょうさき》で起こる事件《じけん》の犯人《はんにん》を、ごっつあんです！　とつかまえて土俵《どひょう》のようにまあるく解決《かいけつ》。お母《かあ》さんは夕飯《ゆうはん》の時《とき》にこのドラマを見るのを楽しみにしている。

「すまん、お母さん」

お父さんはそうあやまって、ヌンチャクを使《つか》っている場面《ばめん》をもどしては、何度《なんど》も繰《く》り返《かえ》す。今度《こんど》は、スロー再生《さいせい》。

「やあねえ食事中《しょくじちゅう》に、落《お》ち着《つ》かない」

「今日だけのがまんだから」

お父さんがリモコンをいじりながら言う。またまたもどして、スロー再生《さいせい》。

「今日だけ？　今日だけって、何」

あのねお母さん。明日までにね、お父さんは、ゴリラに変身《へんしん》した状態《じょうたい》で、大きなヌンチャクを使《つか》えるようになって、宇宙人《うちゅうじん》を、宇宙《うちゅう》に帰さなきゃいけないんだ、そうじゃないと、小学校のみんなが、ゴリラになっちゃうんだよ。……とも言えない。

不満《ふまん》そうなお母さんをしり目に、ぼくとお父さんはひたすらヌンチャクさばきをマスターすべく、ＤＶＤを、食い入るように見た。

うん、とりあえず、感《かん》じはつかんだ、ような気がする！

ご飯《はん》のあとは、実際《じっさい》にやってみる。

時間がないんだ。練習《れんしゅう》、開始《かいし》！

「映画《えいが》では、右から後ろに回してたな。こうやって後ろにまわして、こっちの手で取《と》って、アイテッ」

お父さんがヌンチャクを頭にぶつける。

「やっぱり、実際《じっさい》やってみると、難《むずか》しいな」

パッポー。練習《れんしゅう》をはじめて、1時間後。

シュン、シュン。

シュン。

シュン、シュン、シュンシュン。

さすが運動神経《うんどうしんけい》のいいお父さん、だんだん様《さま》になってきた。

「あいてっ。」

パッポー。練習《れんしゅう》をはじめて、2時間後。

「ほおおお、あちょーーう！」

かけ声だけは、ブルース・リー超《ご》えだ。

「どうだ、ようじろう！」

「うん、なにかしらの、希望《きぼう》を感《かん》じる！」

さっそく、ぼくとお父さんは、だれもいないところで、ゴリラになってヌンチャクをまわしてみることにした。明日までに、肝心《かんじん》の、ヌンチャクタイフーンができなければ。


夜の8時をすぎていた。

秘密《ひみつ》の特訓《とっくん》に選《えら》んだのは、今は使《つか》われていない、工場の跡地《あとち》だ。コンクリートの大《おお》きな建物《たてもの》が、ちょっとこわい。だれもいないのを確認《かくにん》する。ゴリラに変身《へんしん》するためだ。

お父さんは、むうう、と身体《からだ》に力をこめ、パワー全開《ぜんかい》でさけんだ。

「うおおおおお！　ゴリラァ！」

ゴリラァ……ゴリラァ、……ゴリラァ……。

コンクリートの壁《かべ》に、お父さんの声がこだましただけで、何も起《お》こらない。

「……どうすればゴリラになれるんだろ」

お父さんが腕組《うでぐ》みをする。

そう。お父さんは、なりたいときに、ゴリラになれるわけじゃないんだ。

お父さん、今朝は、駐在所《ちゅうざいしょ》にゴキブリが出て、

「うわあああ！」

と、おどろいてゴリラになっちゃったらしいし。それから、お昼のかつ丼《どん》がおいしすぎて、

「うおおお！　うまい！」

と、興奮《こうふん》してゴリラになっちゃったらしいし。なのに、いざゴリラになろう、と思っても、なれないなんて。

ゴキブリを見て、変身《へんしん》しちゃうくらいだから、宇宙人《うちゅうじん》を見れば、明日は、まちがいなく、変身《へんしん》できるとは、思うんだけど。ぼくは工場の外階段《そとかいだん》に腰《こし》かけた。お父さんも腰《こし》かける。ゴリラになれないんじゃ、技《わざ》の試《ため》しようがない。

お父さんは力なく言った。

「パワーが足りないのかな。今日のから揚《あ》げ、もう2個《こ》くらい食べれば、変身《へんしん》できたかも」

ぼくも、肩《かた》をおとしながら、

「あれ、おいしかったね」

とつぶやいて、

「ま、お母さんが作ったわけじゃないけどね」

と、つけくわえた。商店街《しょうてんがい》のお肉屋《にくや》さんで買ってきた、から揚《あ》げなんだ。

「何を言っているんだ。お母さんは、きれいに皿《さら》に盛《も》ってくれたろう」

とお父さん。それ、料理《りょうり》かな。

「サラダとかそえて、いろどりも考《かんが》えてだな」

お父さん、フォローするのに必死《ひっし》だな。じつは、お父さんがご飯担当《はんたんとう》の日《ひ》のほうがおいしいんだ。

「お母さんの料理《りょうり》ってさあ」

ぼくは、いつも思ってたことを言ってみる。

「なんかどれも、ひと味《あじ》、たりなくない？」

「それはだ、な、ほら、お母さんは、おれたちの健康《けんこう》を考えて、薄味《うすあじ》にしてくれてるんだよ」

「ただ料理《りょうり》が下手なだけなんじゃ……」

「みなまで言うな。お母さん、忙《いそが》しい中、がんばってるんだから」

「忙《いそが》しいの？」

「そりゃそうだよ。ようじろうが学校に行ってる間、保育園《ほいくえん》の先生してるの、知ってるだろ」

「ぼくが学校から帰ってくると、お母さん、いつもドラマ見て、クッキーかおせんべい食べてるよ」

「お母さんはな、1日1回、ドラマを見てクッキーかおせんべいを食べないと、しおれてしまう花なんだよ」

そんな花、ある？

なんだかんだで、油断《ゆだん》しているお父さんに、ぼくは言った。

「あ、お父さん、犬のうんこ踏《ふ》んでる」

「なにッ！！！」

ゴボッ、ゴボゴボゴボッ。いつもより大きなゴリラが、むくむくとあらわれて、コンクリートの間から差《さ》しこむ月の光に、照《て》らされた。

「おどろかせるなよ、ようじろう！　うんこなんか踏《ふ》んでないぞ。」

ぼくは目をかがやかせて言った。

「ゴリラになれたじゃん、お父さん！」

「はっ……、ほんとだ！　でかしたぞ、ようじろう！」

ぼくとゴリラは手を取《と》り合《あ》って、小おどりした。

って、この手、１回しか、使《つか》えないけどね！


大きなゴリラになったお父さんがヌンチャクをまわすと、今までに聞いたことのない、すごい音がした。

ビュウン、ビュウウン、ビュンビュンビュン！

あっという間に、ものすごい突風《とっぷう》が巻《ま》き起こる。
なんだこれ！

「ほおおお、アチョーーーー！」

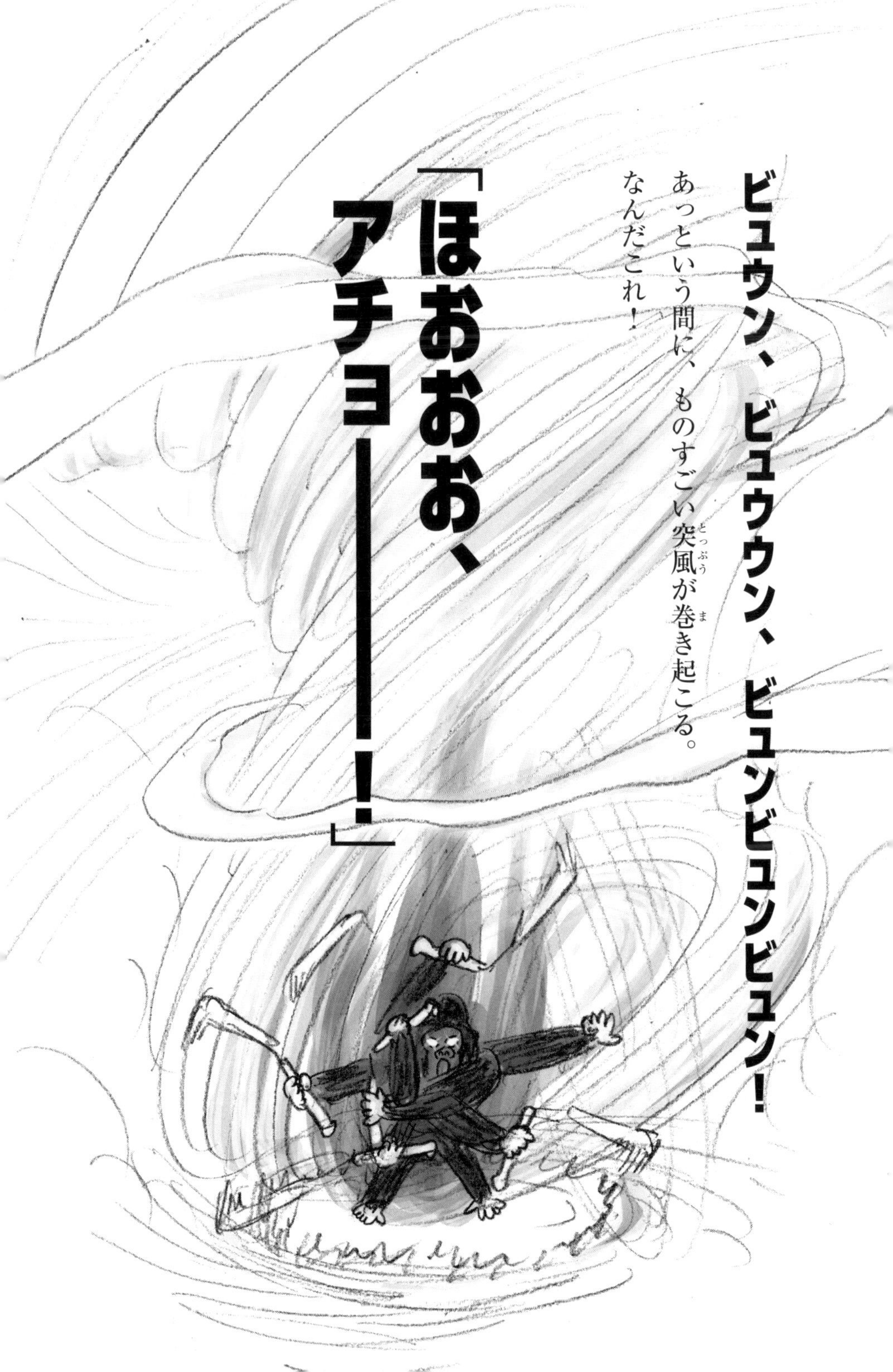

「うわあああああ、お父さん、ストップストップ、ストー――――ップ！」

あやうく飛《と》ばされそうになったぼくは、階段《かいだん》の手すりにしがみついてさけんだ。

これが、宇宙《うちゅう》じいさんの言っていた、ヌンチャクタイフーンか！

こ、これなら、もしかしたら、本当に宇宙人《うちゅうじん》を宇宙《うちゅう》まで飛《と》ばせるかもしれない。

いや、ぜったいに飛《と》ばせる！　ぼくとお父《とう》さんは、そう確信《かくしん》して、顔を見合わせた。

ヌンチャクゴリラの、誕生《たんじょう》だ！　やったあ、感慨深《かんがいぶか》すぎる！


家への帰り道、ぼくは夜空を見上げた。ちらちらと、星が光っている。

「明日、うまくいくといいね」

とぼくが言う。ちょっと考えて、お父さんは言った。

「やってみせるさ」

うん、そうだよね。お父さんは、この町を守《まも》る、おまわりさんだもの。きっと、できるさ。

「それにしても、ようじろう」

「なに、お父さん」
「風で、おまえのかみの毛、すごいことになってるぞ……」

12 いざ出陣《しゅつじん》

朝、6時20分。

お父さんはヌンチャクの入ったリュックを背負《せお》って、ぼくはランドセルを背負《せお》って、学校に向《む》かった。学校の裏門《うらもん》に着《つ》いたのは、ちょうど6時30分。

宇宙《うちゅう》じいさんも来て、3人そろった。

「だれかと思ったら、ようじろうか。ねぐせがひどくて、わからんかったわい」

そのくだり、毎回いいから。

「はて、今日の、おまえさんのかみ型《がた》、どこかで見たような。何かに似《に》ておるな……思い出せそうで、思い出せん」

だから、そういうの、いいってば。

昨日《きのう》の夜は、ヌンチャクタイフーンができたことに感激《かんげき》して、全部《ぜんぶ》うまくいくような気になって、ヌンチャクの練習《れんしゅう》で疲《つか》れてたし、あっという間にグーグー寝《ね》ちゃったけど。朝起《お》きて、現実《げんじつ》に引きもどされた。

ぼくらは、たった1回、練習《れんしゅう》でヌンチャクタイフーンに成功《せいこう》しただけだ。こんな状態《じょうたい》で今から宇宙人《うちゅうじん》とご対面《たいめん》なんて、おしっこもれそうだ。

「宇宙人《うちゅうじん》、ほんとうに、おそってきたり、しないよね」

ぼくが言う。

自信《じしん》のなさをふっ切るように声をはったのは、宇宙《うちゅう》じいさんだ。

「四《し》の五《ご》の言っておってもしかたがない。やれることを、全力《ぜんりょく》でやるのみじゃ。これから、給食室《きゅうしょくしつ》にのりこむぞ！　わしらなら、できる！」

ぼくと、お父さんと、宇宙《うちゅう》じいさんは、互《たが》いの顔を見た。

そうだ。ぼくたちは、ひとりじゃない。こんなときこそ、元気と、チームワークだよね！　3人でうなずく。

宇宙《うちゅう》じいさんは、

「これを、おまえたちにわたしておこう」

と言って、白衣《はくい》のポケットに手を入れた。

「あれ？　わしが、おまえたちの分も、宇宙語《うちゅうご》の翻訳機《ほんやくき》を……。イヤホンを3人分、徹夜《てつや》で仕上《しあ》げて、持《も》ってきたんじゃが……。あれを耳にはめないと……！」

宇宙《うちゅう》じいさんは、ポケットの中のものを、ハンカチやらメモやら、ボールペンやら、ポイポイとほうり出した。

「むむ、クッソー、どこじゃったかな！」

寝不足《ねぶそく》でイライラしている。

「こっちの、肩《かた》にかけてるカバンに入ってるんじゃないの？」

「いや、カバンには入れておらん！　すぐわたせるように、白衣《はくい》のポケットに入れたんじゃ！」

「お父さんもさがしてよ」

と、お父さんを見ると、

「今、おれに話しかけないでくれ。作戦《さくせん》のイメージしてるから。ふたりは、見てればいいかもしれないけど、なんだかんだ言って、一番がんばらなきゃいけないのって、おれなのよ。宇宙人《うちゅうじん》を見たら、おれは、すごいびっくりして、ゴリラに変身《へんしん》する。うおおおお、と。それで、ゴリラの姿《すがた》で、アチョーってやって。グルグルグルーって、吹《ふ》き飛《と》ばして。さよーならーって、いやいやいやいやうまくいかなかったらどうなるんだろう……!」

テンパっている。ぼくは時計を見て声をあげた。

「うわあ! どうしよう、もうこんな時間だ!」

宇宙《うちゅう》じいさんと、お父さんの服《ふく》をひっぱる。

「もう給食室《きゅうしょくしつ》に、行かなきゃだよね? 間に合わなかったら、大変《たいへん》だよね?」

「おお、イヤホン、こんなところにあったわい! あっ!」

宇宙《うちゅう》じいさんが、胸《むね》ポケットからやっと取《と》り出したイヤホンを、ばらばらと地《じ》面《めん》に落《お》として、ひろう。

ああ神様《かみさま》。こんなんでぼくたち、小学校を、守《まも》れるでしょうか!

13

作戦《さくせん》Bってなんですか

お父さん、宇宙《うちゅう》じいさん、ぼく、の3人は、急《いそ》いで給食室《きゅうしょくしつ》に向《む》かった。まだみんなが登校《とうこう》する前だ、学校《がっこう》はしーんとしている。

給食室《きゅうしょくしつ》は、校舎《こうしゃ》からちょっと離《はな》れた所《ところ》にある。

給食室《きゅうしょくしつ》の窓《まど》から、おそるおそる、本当におそるおそる、中を、そーっとのぞくと、給食《きゅうしょく》の調理員《ちょうりいん》さんたちが作業《さぎょう》してる、ように見える。

10人……いや、15人くらい、いる。白衣《はくい》に、白い帽子《ぼうし》。

帽子《ぼうし》と白衣《はくい》の間から、顔の部分《ぶぶん》が、ちらりと、見えてしまった。肌《はだ》が！ やっぱり、半透明《はんとうめい》！ シャボン玉と、なめくじの間くらいの感《かん》じの！ 宇宙人《うちゅうじん》っていうより、おばけが白衣着《はくいき》てるみたい！ 目もやっぱり黒くてヌメっとしてる！ わかってたけど、こわい！

食器《しょっき》をこすらせたような、ガチャガチャいう物音《ものおと》、みたいな音がする。宇宙《うちゅう》じいさんの、天体観測所《てんたいかんそくじょ》で聞いた、宇宙人《うちゅうじん》の、会話の音だ。きっと、しゃべっているんだろう。映像《えいぞう》で見るのと、目の前にいるのとでは、インパクトがちがいすぎる。

「ほ、ほ、ほ、ほんとうに、宇宙人《うちゅうじん》が、バナナを……！」

お父さんは、興奮《こうふん》してゴリラになるどころか、ちぢこまってしまった。

へ、変身《へんしん》は？

しかも、給食室《きゅうしょくしつ》の入り口にまわった宇宙《うちゅう》じいさんが、言った。

「ドアが、宇宙人《うちゅうじん》にロックされとる！」

まさか、給食室《きゅうしょくしつ》に、入れないの？

「時間をかければ、あけられるかもしれんが……。」さすがは宇宙人《うちゅうじん》。これは、やっかいじゃな」

ちょっとちょっと。宇宙人《うちゅうじん》を見《み》たお父《とう》さんがゴリラになって、給食室《きゅうしょくしつ》にババーンとのりこんで、ヌンチャクタイフーン！　のはずだったよね？

開始《かいし》1分で、つんだんですけど！

「こうなったら作戦《さくせん》Bだな」

お父《とう》さんが言《い》う。作戦《さくせん》B？　そんなのあったっけ？　そもそも、いま作戦《さくせん》Aだったの？

「作戦《さくせん》Bは、ものごとは計画どおりにいかなくて当たり前、という前提《ぜんてい》のもと、降《ふ》ってきた危険《きけん》を回避《かいひ》し、わずかなチャンスを見逃《みのが》さず、臨機応変《りんきおうへん》にミッションを成功《せいこう》させる、という大人の作戦《さくせん》だ」

それって、難《むずか》しく長めに言ったけど、つまり、いきあたりばったりってことだよね。いつものお父さんといっしょじゃん！

「よしわかった、作戦《さくせん》Bじゃな。まず、状況《じょうきょう》をつかむぞ」

宇宙《うちゅう》じいさんは、「宇宙語《うちゅうご》」が「日本語」に翻訳《ほんやく》されて聞こえるイヤホンを、ぼくらの耳《みみ》にはめた。給食室《きゅうしょくしつ》から聞《き》こえていた、宇宙人《うちゅうじん》の「物音《ものおと》」が、言葉《ことば》になって聞こえてくる。宇宙《うちゅう》じいさんは、やっぱり大天才だ。翻訳《ほんやく》は、昨日《きのう》よりもまた、ずっと精度《せいど》が上がっていて、イヤホンから聞こえてきたのは、なめらかな日本語だった。

「1日いっかいしか、給食《きゅうしょく》はないのれすか」

「それは残念《ざんねん》れすねえ」

「1時間お勉強《べんきょう》するごとに、給食《きゅうしょく》の時間がほしいれす」

「どんな味《あじ》か、食べてみたいれすねえ〜」

そんな会話をしながら、宇宙人《うちゅうじん》たちは、せっせとバナナの……ゴリラバナナの、ダンボールを運《はこ》びこんでいる。

よく見ると、なかでもひとりだけ、立派《りっぱ》なマントをつけた宇宙人《うちゅうじん》がいた。その宇宙人《うちゅうじん》がどうやら、リーダーのようだ。マントでよく見えないけど、手なのか足なのか……何本もあるみたいに見えるよう！

なみだ目で窓《まど》からのぞいていると、給食室《きゅうしょくしつ》の中《なか》から、宇宙人《うちゅうじん》がふたりほど、外に出ようとしているのが見《み》えた。

「かくれろ！」

お父さんにひっぱられ、宇宙《うちゅう》じいさんとぼくも、とっさに、木のしげみにかくれる。

見まわり役《やく》の宇宙人《うちゅうじん》なのだろうか。しげみからそっと顔を出して見ると、宇宙人《うちゅうじん》は、給食室《きゅうしょくしつ》のまわりをぐるっと見まわし、ドアのロックを、スッと解除《かいじょ》して、また中に入っていった。

「ふむ、ああやってあけるのか。わかったかもしれんぞ」

宇宙人《うちゅうじん》がロックを解除《かいじょ》するのを、双眼鏡《そうがんきょう》で見《み》ていた宇宙《うちゅう》じいさんは、給食室《きゅうしょくしつ》のドアに向《む》かった。さすが、大天才。なんとかなるかもしれない。

ぼくと、お父さんも、腰《こし》をかがめて宇宙《うちゅう》じいさんについて行き、宇宙《うちゅう》じいさんの手元をのぞきこむ。

「これを、こうして……。ああ、もう。ようじろう。今、ロックを解除《かいじょ》してるんじゃから、あせらせるな」

宇宙《うちゅう》じいさんがイラついた口調《くちょう》で言う。

「ぼく、なにもしてないよ」

「わしの肩《かた》を、さっきからトントントン、トントントン、とたたいておるじゃろう！　ようじろうじゃなければ、おまわりさんか」

「たたいてませんよ」

じゃあだれが、肩《かた》をトントン？

……？

3人でふりかえったら、どアップで宇宙人《うちゅうじん》の顔《かお》があるという、この状況《じょうきょう》を、だれが想像《そうぞう》したでしょうか。

「**ぎぃやあああああ！**」

14 ぼくはキラキーラ様《さま》

「**ぎぃゃあああああ!**」

宇宙人《うちゅうじん》のどアップを見て、ぼくと宇宙《うちゅう》じいさんとお父さんが絶叫《ぜっきょう》すると、

「**ウワァアアアアア!**」

ぼくらに絶叫《ぜっきょう》された宇宙人《うちゅうじん》も、絶叫《ぜっきょう》されたことにびっくりして絶叫《ぜっきょう》した。宇宙《うちゅう》じいさんの肩《かた》をトントン、とたたいていたのは、見まわりの宇宙人《うちゅうじん》だったのだ。

宇宙人《うちゅうじん》が言った。

「こんなところで、なにをしていらっしゃるのですか、キラキーラ様《さま》!」
キ、キラキーラ様《さま》?
だれのこと?

でも、そのヌメッとした黒い目は、あきらかに、ぼくを見ている。

「わざわざ、様子《ようす》を見に、地球《ちきゅう》に来《こ》られたのれすね、キラキーラ様《さま》。わたくし、おど

ろいてしまって、失礼《しつれい》しました。地球人《ちきゅうじん》の格好《かっこう》も、とてもお似合《にあ》いです。どうぞ、お入りください。ご案内《あんない》いたします」

宇宙人《うちゅうじん》が手をかざすと、ウィーン、とロックが解除《かいじょ》され、給《きゅう》食室《しょくしつ》の、ドアがあいた。

宇宙人《うちゅうじん》が、入っていく。

お父さんと宇宙じいさんは、ぼくを見《み》た。

もう1回いうけど、キラキーラ様《さま》って、だれのこと？　どういうこと？

宇宙《うちゅう》じいさんが、はっとした顔《かお》をして、小さな声で言った。

「ようじろうの、かみ型《がた》じゃ！　そのねぐせのかたち、どこかで見《み》たと思《おも》ってたんじゃ」

ぼくのねぐせ？

「あの、金色のバッジじゃよ」

お父さんが、ああ！　という顔をする。ぼくも思い出した。あの、大きな枝豆《えだまめ》

みたいな、頭の……。

「今日のおまえさん、宇宙人《うちゅうじん》がつけていたバッジと頭がそっくりじゃ。きっと、宇宙人《うちゅうじん》の、キラキーラというボスと、まちがわれたんじゃ！」

なんだって。ぼくが、宇宙人《うちゅうじん》の、いちばんえらいボスと、まちがわれてる？

自分のねぐせをさわろうとするぼくの手を、お父さんがとめた。

「ようじろう。そのまま、キラキーラのふりをしろ！」

は？　そんな！　ふりって言《い》ったって。実物《じつぶつ》がどんなだか、わからないのに、無茶《むちゃ》だよ。そのとき、

「キラキーラ様《さま》、この2人はだれれすか」

と宇宙人《うちゅうじん》がふりかえった。宇宙《うちゅう》じいさんと、お父さんが、ぼくを、祈《いの》るような目で、見る。

「あーっと、えーーっと」

ぼくは、イヤホンから聞こえてくる声に似《に》せて、なるべく高い声で言った。

「このふたりは、その、新人なの……れす」

宇宙人《うちゅうじん》が足をとめる。

だめだったか？

「わあ、そうなのれすね」

にこっとする宇宙人《うちゅうじん》。

「キラキーラ様《さま》、地球語《ちきゅうご》も、お上手れすね」

やめてよー、汗《あせ》が出るよー。

お父さんと、宇宙《うちゅう》じいさんが、でかした、という顔でぼくを見る。

給食室《きゅうしょくしつ》に入ると、宇宙人《うちゅうじん》たちがいっせいにぼくを見て、

「キラキーラ様《さま》！」

「キラキーラ様《さま》！」

「はは――――っ」

と、みんな、ひざまずいた。マントをつけた、リーダーみたいな宇宙人《うちゅうじん》もひざまずいている。あの宇宙人《うちゅうじん》より、キラキーラ様《さま》のほうが、ずっとえらいらしい。

ど、どうすれば……。

でも、そんなにえらい人にそっくりなら。ぼくは、お父さんと宇宙《うちゅう》じいさんを見た。

バナナをすりかえるのを、やめろと、命令《めいれい》できるんじゃ、ないだろうか……！

宇宙《うちゅう》じいさんは、「やってみる価値《かち》はある！」という顔でうなずく。

お父《とう》さんが、あごでぼくに、「行け！」と言う。

やるしかない。

ぼくは、腹《はら》を決《き》めて、校長先生《こうちょうせんせい》のように、うしろで、手をくんだ。落《お》ち着《つ》いて、えらそうに、歩きながら、話す。

「あー、今日、給食《きゅうしょく》に出すつもりだった、ゴリラバナナれすが」

みんな、聞いている。

がんばれ。がんばるんだ、自分。

「すりかえるのは、やめるのれす。すぐに、みんなで、ゴリラバナナを持《も》って、宇宙《うちゅう》に帰るのです。あっ、帰るの、れす」

宇宙人《うちゅうじん》たちが、しーん、とした。

それから声をそろえて、

「かしこまりました！」

いっせいに、ゴリラバナナをかたづけはじめた。

うっそ。いいの？

話がスムーズすぎて、ぼくがどぎまぎしていると、さっき、給食室《きゅうしょくしつ》に入れてくれた宇宙人《うちゅうじん》が、ぼくのうしろで、何かをひろった。

「キラキーラ様《さま》。なにか、落《お》とされましたよ」

ぼく、何《なに》か落《お》としたかな。ポケットをさわる。あっ。

「算数のテスト……18点？」

宇宙人《うちゅうじん》が、首をかしげる。点数がわるかったから、お父さんに見せずに、ポケットにつっこんであったテストだ！

「キラキーラ様《さま》が、18点など、とるはずがありません」

宇宙人《うちゅうじん》がギロリとこちらを見る。

「あなた、キラキーラ様《さま》では、ありませんね」

やばい。こんなところで、ばれるなんて。

ゴリラバナナをかたづけていた宇宙人《うちゅうじん》たちも、ピタッと動《うご》きをとめて、ぼくを見た。

「うそをつくのは、よくないことなのれす」

宇宙人《うちゅうじん》たちの、目の色が変《か》わった。

いや、ここは、たとえじゃなくて、本当に、目の色が、黒から黄色になった。

やられる。きっと目からビーム出されて、殺《ころ》される。

お父さんが、

「ようじろう！」

と、ぼくを、かばいに、走ってきた。

「お父さん！」

と思ったら、

「うわあぁ」

なんと、1枚《まい》だけ落《お》ちていた、バナナの皮《かわ》で、お父さんはすべった。

それが、ぼくにはスローモーションで見《み》えた。

スローモーションで、お父《とう》さんが、ころぶ。

う　わ　あ　あ　あ　あ
すべったことにびっくりしたお父《とう》さんは、ぼくの目《め》の前《まえ》で、ころびながら、ムク…ムク…ムクッ！

スローモーションで、大きな黒いゴリラになっていった。

「ゴ、ゴリラがあらわれたのれす！」

宇宙人《うちゅうじん》たちは、めちゃめちゃおどろいた。

宇宙《うちゅう》じいさんが、いそいで、リュックに入《はい》っていたヌンチャクを取《と》り出《だ》した。

「これを受《う》け取《と》るんじゃ！」

宇宙《うちゅう》じいさんが投《な》げたヌンチャクを、立ち上がったお父さんが、黒いゴリラの手で、パシッとキャッチする。

しりもちをついたおしりを、パパンとはたき、ふうう、と息《いき》をはく。

そして、ヌンチャクをかまえる、大きなゴリラ。

か、かっこいい。これぞまさに、ヌンチャクゴリラ！

「宇宙人《うちゅうじん》たちよ。うそをついたのは、わるかった。しかし、おれたちは、ゴリラにさせられるわけにはいかないんだ！」

すでにゴリラのお父さんが言っても説得力《せっとくりょく》がないけどね！

「ゴリラバナナを持《も》って、宇宙《うちゅう》に帰ってもらおう！」

おどろいた様子《ようす》でお父さんを見ていた宇宙人《うちゅうじん》たちは、

「わあ。ゴリラがペラペラしゃ

べってます」

「新種《しんしゅ》のゴリラれすか」

とざわついた。お父さんは顔を赤くして怒《おこ》った。

「ちがうわ！　人間だけど、おまえたちのせいで、半分ゴリラになっちゃったんだよ」

声をあらげるお父さんのとなりで、宇宙《うちゅう》じいさんが、

「そうじゃ、言いわすれておったが」

と、お父さんのヌンチャクを指《ゆび》さす。

「そこをあけると、栄養《えいよう》ドリンクが入っておる。飲《の》んで、ヌンチャクタイフーンをおこすんじゃ」

お父さんが言われたとおり、ヌンチャクをパカッとあけると、『ビタミンたっぷり☆元気《げんき》百倍《ひゃくばい》！』と書かれた、栄養《えいよう》ドリンクが入っていた。今、この工夫《くふう》、いるかな!?

お父さんは、無言《むごん》でゴクッゴクッと栄養《えいよう》ドリンクを飲《の》み切る。

でも、宇宙人《うちゅうじん》も、だまってはひきさがらなかった。

「すみませんが、邪魔《じゃま》はさせないのれす」

やっぱりそうだよね。

宇宙人《うちゅうじん》たちの目の色が、黄色から……赤に光った。

こんどこそ終《お》わった。ぼくはしゃがんで頭をかかえる。

「あ、目からビーム出たりは、しませんよ」

給食室《きゅうしょくしつ》に入れてくれた宇宙人《うちゅうじん》が言う。

「だって、目の色が赤になった」

と、ぼくがなみだ目で言うと、

「これは怒《おこ》っている雰囲気《ふんいき》を、出しているだけです」

と宇宙人《うちゅうじん》。

え。そうなんだ。

15 出るか、ヌンチャクタイフーン

ビーム出たりはしない。それを聞いて安心《あんしん》した宇宙《うちゅう》じいさんが、急《きゅう》にしゃきーんと元気になった。

「宇宙人《うちゅうじん》のみなさんには申《もう》し訳《わけ》ないが！　わしらも、こどもたちをゴリラにするわけにはいかんのじゃ。おまわりさん、今こそ、ヌンチャクタイフーンじゃ！」

宇宙《うちゅう》じいさんがさけんで、お父さんがヌンチャクをまわそうとした、その時だ。宇宙人《うちゅうじん》のリーダーの低《ひく》い声が響《ひび》いた。

「いいのれすか」

気付《きづ》くと、整列《せいれつ》した宇宙人《うちゅうじん》たちが全員《ぜんいん》、手に霧吹《きりふ》きを持《も》っている。

「そんなことをすると、あなたたちの大事《だいじ》なアゲパンに、水をかけてしまいますよ」

な、なんてことだ。ぼくは青ざめた。

あげパンは、まわりがカリッと揚《あ》がっていて、中がふんわりしてなきゃ、意味《いみ》がない。水なんかかけられたら、べちゃっとしちゃってもう、いっかんの終《お》わりじゃないか！　今日はあげパンを楽しみにしてくる子だってたくさんいるのに！

……って、いや、まてよ。

ゴリラにさせられちゃうことに比《くら》べたら、言うほどたいしたことじゃないな。

「お父さん、やっちゃっていいんじゃない？」

「よしきた」

またお父さんがヌンチャクタイフーンのかまえをした時だ。

「いいのれすか！」

宇宙人《うちゅうじん》のリーダーが低《ひく》い声で、ぼくたちに警告《けいこく》した。

今度《こんど》は全員《ぜんいん》、冷凍庫《れいとうこ》の前に、手袋《てぶくろ》をしてスタンバイしている。

「そんなことをすると、あなたたちの大事《だいじ》な冷凍《れいとう》みかんを冷凍庫《れいとうこ》から出して、常温《じょうおん》にしてしまいますよ」

な、なんて卑劣《ひれつ》なんだ！

明日のデザート、冷凍《れいとう》みかんは、食べた時にちょっと歯《は》にしみちゃうほど、キンキンに冷《つめ》たいから、おいしいんじゃないか。それを、今から冷凍庫《れいとうこ》から出してしまうなんて、それじゃあ、ただのぬるいみかんになってしまう！　しかも、とけて、びちゃびちゃだ！

……って、いや、それも、言《い》うほどたいしたことじゃないな。

宇宙《うちゅう》じいさんがさけんだ。

「やっておしまいなさあい！」

「うおりゃあああ、特大《とくだい》、ヌンチャクタイフウウウウン！　アチョウ、アチョウ、ホアチョ――――ウ！」

ビュウン、ビュウンビュンビュン。

お父さんが全力《ぜんりょく》でヌンチャクを右に左に振《ふ》りまわす。ぼくと宇宙《うちゅう》じいさんは、飛《と》ばされないように、全力《ぜんりょく》で調理台《ちょうりだい》につかまった。

ヌンチャクのビュウン、ビュウン、にまじって、ミシミシ、ベリベリ、という音が聞こえたけど、何の音？　と思ったその時だ。

「ひぃややあああああ〜！」

宇宙人《うちゅうじん》たちが、給食室《きゅうしょくしつ》の屋根《やね》といっしょに、空に吸《す》いこまれるように舞《ま》い上がっていった。

「や、屋根《やね》!!」

突風《とっぷう》の中《なか》で、ぼくと宇宙《うちゅう》じいさんが同時にさけぶ。

ミシミシ、ベリベリ、というのは、給食室《きゅうしょくしつ》の屋根《やね》がはがれる音《おと》だった。

宇宙人《うちゅうじん》たちは、たしかに計画通り、空に吸《す》いこまれていった。

そして、ぼくたちの頭上には、今、青空がひろがっている。

青空給食室《きゅうしょくしつ》？
これ、どうするの？　黒いゴリラは、
空を見上げてまぶしそうに言った。
「やべえ……屋根《やね》まで吹《ふ》き飛《と》ばしちゃった……」

16 あまりにも深刻《しんこく》な事態《じたい》

「お父さん、ミシミシって聞こえなかった？　聞こえたよね？　なんで屋根《やね》まで飛《と》ばしちゃうんだよ」

「おまえさんは、力の加減《かげん》というものを知らんのか！」

「いや、だって！　1回しか練習《れんしゅう》してないんですよ。宇宙人《うちゅうじん》飛《と》ばさなきゃって、もう、それしか考えてなかったから」

ゴリラを責《せ》めるぼくたちの後ろから、声が聞こえた。

「こんなこともあろうかと」

だれ⁉

ぼくたちがふりかえる。

なんと、宇宙人《うちゅうじん》がひとり、給食室《きゅうしょくしつ》に残《のこ》っていたのだ。

「わたしは、おもりを、つけていたのれす」

あの、マントをつけた、リーダーらしき宇宙人《うちゅうじん》だ！

何本もあるニョロニョロした腕《うで》で、マントをぬぐ。ずっしりと重《おも》そうなマントは、おもりだったのだ。

「私《わたし》の名前は、ニョルニョルゾ。宇宙《うちゅう》の安全《あんぜん》を守る、保安隊《ほあんたい》の隊長《たいちょう》れす」

ニョルニョルゾ。そう名乗《なの》った宇宙人《うちゅうじん》は、ぼくを見《み》る。

「さっきは、キラキーラ様《さま》にそっくりれしたが。頭のかたちを自由《じゆう》に変《か》えられるニンゲンもいるのれすね」

いいえ、かみ型《がた》が、さっきの、ヌンチャクタイフーンのせいで、変《か》わっただけです。

それから、ニョルニョルゾは言った。

「その武器《ぶき》を、こちらにわたしていただきましょうか。吹《ふ》き飛《と》ばされてはかないませんからね」

「このヌンチャクは、わたすわけにはいかない」

お父さんが、黒くモサモサした腕《うで》でヌンチャクをだきしめる。

「これを見ても、同じことが言えるれしょうか」
ニョルニョルゾが給食室《きゅうしょくしつ》の倉庫《そうこ》のとびらをあけた。
倉庫《そうこ》の中《なか》には、いかにも人間が作ったものではないような、半透明《はんとうめい》に見える、
でもぜったい逃《に》げられなそうな檻《おり》があって、その中に、小さめのゴリラが5頭ほ
どいた。
ぼくもお父さんも宇宙《うちゅう》じいさんも、警戒《けいかい》して身《み》がまえた。
小さいけど、ゴ、ゴリラだ。
なぜか洋服《ようふく》を着《き》ている。
まてよ。あのゴリラの服《ふく》……。
いつも小沢《おざわ》くんが着《き》てるジャージに、そっくりじゃないか？
ピンクのランドセルを持《も》ってるゴリラもいる。
うっそ！！　どうして？？
そのランドセルには、見覚《みおぼ》えのあるプリンのキーホルダーがついていた。
森川《もりかわ》さんのだ。

いつも机《つくえ》の横《よこ》にかけてある、森川《もりかわ》さんのランドセル！

まちがいない。ぼくは気が動転《どうてん》した。

だって、よく見ると、残《のこ》りの3頭《とう》のゴリラの顔も、三好《みよし》さんとえっちゃんと、ヒロキのおもかげがある！

「この子たちは、学校で飼《か》っている動物《どうぶつ》のエサをもらいたいとやらで、朝早《あさはや》く、給食室《きゅうしょくしつ》に来たのれすよ」

エサを？　朝早く？

あっっっっ！

ぼくの記憶《きおく》は、昨日《きのう》の給食《きゅうしょく》の時間に巻《ま》きもどった。

三好《みよし》さんの声がよみがえる。

『明日の朝、うちの班《はん》が、飼育小屋《しいくごや》のそうじ当番だからね』

『ちこくしたら怒《おこ》るよ』

そうだ！　ぼくは宇宙人《うちゅうじん》との対決《たいけつ》で頭がいっぱいで、すっかり忘《わす》れてたけど、うちの班《はん》は今日、みんなよりも早く学校に来て、飼育小屋《しいくごや》をそうじして、ニワトリやヤギにエサをあげる当番だったんだ。エサは、いつも給食室《きゅうしょくしつ》からもらうことになっている。

「朝早くから、えらいな、と思いましてね。ごほうびに、食べていいよと、ゴリラバナナをあげたのれす」

ぼくもお父さんも宇宙《うちゅう》じいさんも、言葉《ことば》を失《うしな》った。

「食べたら、皮《かわ》はちゃんと捨《す》てないといけませんね」

ニョルニョルゾが、さっきお父さんがすべった、バナナの皮《かわ》をひろいあげると、ていねいなしぐさで、ごみ箱《ばこ》に捨《す》てた。

ゴリラバナナを、食べちゃったなんて。

あまりにも、深刻《しんこく》な事態《じたい》だ。

「さあ、ヌンチャクをこちらに」

ニョルニョルゾにうながされ、お父さんはヌンチャクを床《ゆか》に置《お》いた。ニョルニョルゾの腕《うで》がニュ――ッとのびて、ヌンチャクをつかむ。

ぼくは、がくぜんとしていた。

友だちが、すでに、ゴリラにされていた。

こちらには、もう、武器《ぶき》もない……。

17 大事《だいじ》な2パーセント

ヌンチャクを手にしたニョルニョルゾは高笑《たかわら》いした。

「ほーっほっほっほ。このヌンチャクさえあればこちらのものれす。これがなければあなたたちは、ただのか弱いニンゲン、そうでしょう？　今度《こんど》はあなたたちが吹《ふ》き飛《と》ばされる番れす」

スチャッ、とヌンチャクをかまえる。

「こうやって使《つか》っていましたね。わたし、1回見たものは、真似《まね》できるのれす」

宇宙《うちゅう》じいさんが作った天才的《てんさいてき》なヌンチャクで、自分たちが飛《と》ばされる。ぼくはお父さんにしがみついた。宇宙《うちゅう》じいさんは、ぼくにしがみついた。

「こうまわして、こうして、ほうら」

ビュンビュンビュンビュン。

ビュンビュンビュンビュン。

「あれ？　あれれ？　うわあ。か、か、からまって
しまいました！」
ニョルニョルゾの何本もある腕《うで》が、どんど
ん体に巻《ま》きついていく。
「ううう、これでは息《いき》ができません！」
ニョルニョルゾは顔を赤くした。
「ニ、ニンゲン……こ、こんな
攻撃《こうげき》をしかけてくるとは……！」
いや、何にもやってないけどね。
「どうする？」
「たすける？」
お父さんと宇宙《うちゅう》じいさんは、いっしゅん迷《まよ》ったもの
の、苦《くる》しんでいるニョルニョルゾにあわててかけよると、
ヌンチャクをほどいてあげた。

この宇宙人《うちゅうじん》……友だちを本当《ほんとう》にゴリラにした、めちゃめちゃこわいやつだけど……天然《てんねん》なの？

「はあ、はあ。た、たすけてくれて、ありがとう。ニンゲンは、相手《あいて》を思《おも》いやる、やさしさも持《も》っているのれすね」

ニョルニョルゾは言った。

「なのに、地球《ちきゅう》はどうしてこんなにこわされているのれしょう」

宇宙《うちゅう》じいさんは、

「それについては、本当に面目《めんぼく》ない」

と、人間を代表《だいひょう》してあやまった。

ニョルニョルゾは言った。

「わたしたち宇宙保安隊《うちゅうほあんたい》は、あなたたちを殺《ころ》すつもりはありません。痛《いた》い思《おも》いをさせる気もありません。ただおとなしく、ゴリラになって、地球《ちきゅう》をこわすのを、やめてくれればよいのれす。さあ、あのお友だちと同《おな》じように、ゴリラになってくらさい」

ニョルニョルゾがつめよってくる。

ニョルニョルゾの言っていることも、たしかに、わかる。でも……でも、ゴリラになるのは、いやだ！

「なぜれすか」

ニョルニョルゾの黒い目が、ギョロリとこちらを見る。

ひええ、とぼくは、手で自分の口をおさえた。「ゴリラになるのはいやだ！」心の中で思っただけのつもりが、つい、声に出ていたらしい。

「なぜ、人間でいたいのれすか」

もう一度《ど》ニョルニョルゾに聞かれる。

「なぜって、そんな、だって……」

消《き》え入《い》るような声で、ぼくが答える。

「ぼ、ぼくたちは、人間で、ゴリラじゃ、ないから……、だから、友だちも、人間に、もどしてください！」

ひゃああ、逃《に》げたい。そのヌルッとした、黒い目、ほんとうにこわいぃ。

ニョルニョルゾは言った。

「さきほどたすけていただいて、あなた方には、借《か》りができました。ゴリラにする前に、話くらいは聞いてあげてもいいれしょう。どうしてゴリラにされたくないか、わたしを説得《せっとく》することができますか」

説得《せっとく》。

もし、ここでぼくがニョルニョルゾを説得《せっとく》できれば、ひょっとして、森川《もりかわ》さんや小沢《おざわ》くんもみんなも、自分も、お父さんも、宇宙《うちゅう》じいさんも、人類《じんるい》も、救《すく》えるかもしれない。逆《ぎゃく》に言《い》えば、武器《ぶき》もない今、人間でいつづけられる望《のぞ》みがあるとすれば、それしかない。

そう思ったら、ドッジボールで、最後《さいご》、これを当てれば勝《か》てる、というボールを持《も》った時みたいに、心臓《しんぞう》がバクバクしてきた。

ニョルニョルゾVS人類代表《じんるいだいひょう》、ぼく。

ドッジボールは、外して負《ま》けても、たいしたことないけど、これは、外《はず》したら、人類《じんるい》みんなゴリラにされる。

ニョルニョルゾは、一生懸命考《いっしょうけんめいかんが》えるぼくを鼻《はな》で笑《わら》うように、不気味《ぶきみ》な声で言った。

「ゴリラも人間も、たいしてちがわないじゃないれすか。祖先《そせん》はいっしょ、もとは同《おな》じ生《い》き物《もの》なんれすよ。遺伝子《いでんし》も2パーセントしかちがいません」

「お、お、お言葉《ことば》をかえすようですが」

ぼくは消《き》えそうになる声をふりしぼった。

「その、2パーセントが、大事《だいじ》なんです！　そこに、人間のいいところも、つまってるんだ！」

「では、その、ニンゲンのいいところとやらを、教えてくらさい」

こちらをまっすぐ見るニョルニョルゾ。ブラックホールみたいな黒い瞳《ひとみ》に吸《す》いこまれそうだ。

人間のいいところ。たくさんあるさ。

人間は、……頭がいい！

ものすごく高いビルだって建《た》てられる！

地下を掘《ほ》って、電車を走らせたりもできる！

車に、飛行機《ひこうき》に、パソコンや、スマホだって、いつも新しいものを、次々《つぎつぎ》に作り出す！

ゴリラには、できないだろう。

だけど、それは、地球《ちきゅう》によいかって言《い》われると、緑《みどり》減《へ》らしちゃってるし、地球《ちきゅう》掘《ほ》っちゃってるし、空気も汚《よご》しているかもしれないし、ゴミも増《ふ》やしているにちがいないし、たしかに、あんまりよくないことばっかり、なのかもしれない。

ゴリラは地球《ちきゅう》の空気《くうき》を汚《よご》したりしない。ゴミも増《ふ》やしたりしない。兵器《へいき》を使《つか》って、戦争《せんそう》したりもしない。ぼくは言葉《ことば》につまった。だめじゃん、人間。地球《ちきゅう》にだめなことしかしてないじゃん。

それでもどうして、ぼくは、人間《にんげん》でいたいんだろう。

どうして友だちを、人間《にんげん》にもどしたいんだろう。

ゴリラにされてしまった、みんなを見る。昨日《きのう》の、みんなで笑《わら》って食べた給食《きゅうしょく》の光景《こうけい》が、浮《う》かぶ。

ダジャレを言って、笑《わら》いあった……。

「人間は……ダジャレが言える」

ぼくの口が、そう動《うご》いた。強《つよ》い視線《しせん》を感《かん》じてとなりを見ると、宇宙《うちゅう》じいさんとお父さんが、こんなに使《つか》えない子だったのか、という目でぼくを見ていた。

「だって！　ゴリラはダジャレ、言《い》えないよね？」

小さな声で言い訳《わけ》するぼくに、お父さんも小声でつめよる。

「なんかほかに、あるだろう！」

「じゃあお父さんが言ってよ！」

「おれは体力担当《たんとう》っていうか、口は立たないっていうか。じいさん、天才なんだから、何《なに》か、ほら、あるでしょう」

「すまん、わし、徹夜《てつや》したから寝不足《ねぶそく》で、今、頭まっしろ。何も浮《う》かばん」

「え〜！」

3人で責任《せきにん》をなすりつけあっていると、

「ほう。ダジャレすか」

と、ニョルニョルゾの低《ひく》い声がした。

「では、ぜひ言ってみてくらさい」

え、聞くの？

ダジャレ、言うの？

この状況《じょうきょう》で？

ぼくと、お父さんと宇宙《うちゅう》じいさんは、顔を見合わせた。

でも、やるしかない。テンポも大事《だいじ》だ。

こういうのは、待《ま》たせるほど、ハードルが上がる。ぼくは、勇気《ゆうき》をふりしぼるように、１回せきばらいをしてから、腹《はら》に力をこめて言いはなった。

「土星《どせい》に住《す》んでる、オッドセイ！」

はい、宇宙《うちゅう》ネタで、寄《よ》せてみました！

っていっても、そもそも宇宙人《うちゅうじん》にダジャレなんてわからないよな、とぼくが思っていると、バタン、と音がした。

ニョルニョルゾが倒《たお》れこんでいる。

「ひー、ひー、おもしろすぎます。土星《どせい》に、オッドセイって。土星《どせい》だけに！　しかも、オットセイを、オッドセイ、っていうところが!」

す、すごい笑《わら》ってる。

それならば、と宇宙《うちゅう》じいさんも続《つづ》いた。

「アンタレスを見つけたのは、あんたれす!」

アンタレス、というのも、星の名前だ。

お父さんも言った。

「太陽《たいよう》があって、ありがたいよう!」

宇宙系《うちゅうけい》でまとめたかいあってか、ニョルニョルゾは大喜《おおよろこ》びしている。

「て、天才れす。ダジャレの天才たちを発見《はっけん》しました」

もうひと押《お》しだ!　ぼくたちはダジャレを連発《れんぱつ》した。

「星がほしい!」

「火星人が言った、おまえのゲーム、かせい!」

「宇宙《うちゅう》はテレビがうちゅらない!」

笑《わら》いすぎたニョルニョルゾは、もはや泣《な》いている。

そして、なみだをふきながら言った。

「みなさんがゴリラになってしまったら、このダジャレが聞けないのれすね。それは、宇宙《うちゅう》にとって、大きな損失《そんしつ》れす。いったん宇宙《うちゅう》にもどって、ニンゲンは、奥深《おくぶか》い才能《さいのう》のある生《い》き物《もの》だったと、報告《ほうこく》することにします。みなさんをゴリラにするのは、宇宙《うちゅう》会議《かいぎ》でもう一度《ど》、決議《けつぎ》してからにしましょう」

ニョルニョルゾは、そう言うと、マントをつけて、ひらりと身《み》をひるがえした。

「わたしとしては、このようなたぐいまれな才能《さいのう》のあるあなた方《がた》を、ゴリラにしたくはありません。しかし、今後も地球《ちきゅう》をこわすようなことをするならば、必《かなら》ず、また来ます。ヌンチャクタイフーンとやらで飛《と》ばされるのはごめんれすから、自分《じぶん》で飛《と》んで帰《かえ》ります」

ふわっと浮《う》いたかと思うと、ニョルニョルゾは、

「お友だちも、ダジャレがお上手なのれしょうか。ニンゲンにもどしておきますね」

そう言い残《のこ》して、消《き》えた。

宇宙《うちゅう》へ、もどっていったのだ。

しーんと、静《しず》まり返《かえ》った給食室《きゅうしょくしつ》。屋根《やね》のない給食室《きゅうしょくしつ》に、ぼくら3人の影《かげ》がのびている。

そう。

ぼくらは、友だちを、小学校を、そしてたぶん、人類《じんるい》を、救《すく》えたんだ。

「つ……つかれた」

大きなゴリラになっていたお父さんは、シュルシュルと空気がぬけるように普《ふ》通《つう》の人間にもどった。

ぼくと宇宙《うちゅう》じいさんも、へなへなと床《ゆか》に座《すわ》りこんだ。

18 まさかの半分ゴリラ

ものすごく長い戦《たたか》いだった気がしてたけど、まだ、小学校の子どもたちが登校《とうこう》する前だった。ぼくが走って教室に行くと、教室に、班《はん》のみんなが、いた。人間のすがただ。

「ようじろうくん、ちこく！」

森川《もりかわ》さんが言う。机《つくえ》の上には、プリンのキーホルダーがついたランドセルがのっている。ああ、森川《もりかわ》さん、人間に、もどれたんだ。

「おれたちだけで、飼育小屋《しいくごや》そうじしたんだからな」

見なれたジャージを着《き》た小沢《おざわ》くんが、口をとがらせて文句《もんく》を言う。ぼくは本当にうれしくて、

「よかった！」

とジャージ姿《すがた》の小沢《おざわ》くんにだきついた。あわわ、と小沢《おざわ》くんがよろける。

「よかった！　じゃないわよ。ヤギにエサあげる仕事《しごと》、ようじろうくんにとっておいたからね。あれだけちこくしないでって言ったのに」

プンプンしている三好《みよし》さん。本当によかった。どうやら、ゴリラにされていた記憶《きおく》はないらしい。

「ようじろう、どうせ寝坊《ねぼう》したんだろ。ねぐせがすごいもん」

ヒロキにかみをいじられる。

「今日のようじろうくんのかみ型《がた》、いつもよりパワーアップしてるね」

と、えっちゃん。

「ほんとだ。なんだろう。冒険者《ぼうけんしゃ》!!　って感《かん》じ」

森川《もりかわ》さんが言って、みんな笑《わら》った。

「なかなか、いいよ」

「うん、カッコいい、カッコいい」

三好《みよし》さんも笑《わら》ってくれて、ぼくは照《て》れながら頭をかいた。

かみ型《がた》がすごいのは、ヌンチャクタイフーンのせいだ。

たしかに、ぼくには、冒険《ぼうけん》すぎる、冒険《ぼうけん》だった。

カッコいい、か、な。

そこに、となりの班《はん》の林《はやし》さんが来た。

「おはよう。ねえ、聞いた？　大変《たいへん》なんだよ。先生たちが言ってたんだけど、給《きゅう》食室《しょくしつ》の屋根《やね》が、飛《と》ばされてなくなっちゃったんだって！」

ドキッッッ。

「給食室《きゅうしょくしつ》の屋根《やね》が？」

「飛《と》ばされてなくなっちゃった？　なんで？」

みんながざわついて、ぼくのほうを見た気がして、

「ぼぼぼぼ、ぼくじゃないよ！」

動揺《どうよう》をかくせないぼくが口走る。みんなきょとんとした。

「わかってるよ。ようじろうがどうやって屋根《やね》吹《ふ》き飛《と》ばすんだよ」

小沢《おざわ》くんに苦笑《くしょう》される。

「だれも見てなかったからわからないんだけど、先生は、突風《とっぷう》のせいじゃないか

って、言ってた」

と林《はやし》さん。

「へえええー」

と、みんな。

突風《とっぷう》のせい。宇宙人《うちゅうじん》のことも、ヌンチャクゴリラのことも、ばれていないらしい。

「風で給食室《きゅうしょくしつ》の屋根《やね》が吹《ふ》き飛《と》ばされるなんて、聞いたことないよね」

森川《もりかわ》さんに言《い》われて、

「うん、うん、うん。ほんとだね」

ぶんぶんとうなずくぼく。ゴリラがヌンチャクをまわして吹《ふ》き飛《と》ばしたなんて、もっと聞いたことないけどね……。

「では、手をあわせて、いっただっきまーす」

給食《きゅうしょく》の時間、ぼくは、みんなとバナナをもぐもぐ食べていた。

みんなは知らないけれど、この給食《きゅうしょく》に配《くば》られたのは全部《ぜんぶ》、宇宙《うちゅう》じいさんが作った『バナナチェッカー』なる機械《きかい》で、しっかり安全《あんぜん》だとチェックされた、地球《ちきゅう》のバナナだ。これがゴリラバナナだったら、今ごろ大変《たいへん》なことになっている。

みんなも、ぼくも、ゴリラにならずにすんだんだ。

「わたし、今日、あげパンだから、給食《きゅうしょく》、楽しみにしてたんだ」

そう言《い》って、ぼくの前で、あげパンを食べる、えっちゃん。あやうく宇宙人《うちゅうじん》に、水をかけられるところだったけどね。

お父さんは、今はまだ半分ゴリラのま

まだけど、宇宙《うちゅう》じいさんは、お父さんを人間にもどすための薬《くすり》も急《いそ》いで開発《かいはつ》すると約束《やくそく》してくれた。

でも、お父さんがゴリラにならなかったら、宇宙人《うちゅうじん》たちを追《お》い返《かえ》せたかわからない。今回にかぎっては、お父さんがゴリラに変身《へんしん》できたことは、たすかった、とも言える。ぼくは、自分の、半分食べかけのバナナを見る。


ちょっと、こわいことが、頭をよぎった。

大変《たいへん》なことがありすぎて、気にも、とめてなかったけれど。

お父さんが半分残《のこ》したバナナって……、どうなったんだろう。ほっぽらかして、食い逃《に》げ客《きゃく》をつかまえに行った、あの、半分のバナナ……。

「ようじろうくん、どうかしたの？」

森川《もりかわ》さんに声をかけられて、ぼくは、はっと、われにかえった。

「あ、ううん」

うん、きっと捨《す》てたはずだ。半分食べかけのバナナなんて、捨《す》てたにちがいない。

ぼくは、自分の、おいしい地球《ちきゅう》のバナナを食べきった。

「ようじろう。今日、学校終《お》わったら、うちでゲームやろうぜ」

小沢《おざわ》くんが言って、

「おう！」

と、ぼくが答える。

「よっしゃ、そうこなくっちゃ」

小沢《おざわ》くんが、ぼくのわき腹《ばら》をつつく。

北町第《きたまちだい》二小学校に、平和《へいわ》な日常《にちじょう》が、もどったんだ。


家に帰ると、駐在所《ちゅうざいしょ》の前で、お母さんが仁王立《におうだ》ちしていた。

「ようじろう！　点数のわるいテスト、かくしてたって、どういうことなの！」

お、お母さんが、ゴリラになってる!?

もしかして、お父さんが残《のこ》した半分のバナナを、お母さんが、食べちゃったの！

ぼくは目をこすった。

「理科のテスト、見つけたわよ。なに、20点《てん》って」

いやいや。ちょっとゴリラみたいにおこってる、いつもの、お母さんだ。ぼくは、ほっとして、力がぬけた。

「なによ。どうしたの？」

「なんでもないよ。お母さんがお母さんで、よかったな、と思って」

お母さんは首をかしげながらも、笑顔《えがお》になる。

「おやつに、ホットケーキ焼《や》いてあるからね。手を洗《あら》って、いっしょに食べよう」

そう言って、ぼくのランドセルをポンとたたくお母さん。

ああ、本当に本当に、お母さんが、ゴリラにならなくてよかった。

でも……どこかで、だれかが、半分ゴリラ……。

まさかそんなはず、ないよ、ね。

完《かん》

川之上 英子・健
（かわのうえ えいこ・けん）
絵本・児童書作家。絵本コンテストで共作で大賞受賞後、２０１３年に絵本作家デビュー。健は税理士でもある。作絵の絵本・児童書に『おおやまさん』『ももも』『みみみみ』、「おじょうさま小学生はなこ」シリーズ（以上岩崎書店）などがある。そのほか『うちのピーマン』『「ぼくのおかあさん」２ねん１くみ すぎしたげんき』『にんじゃ きくんじゃ でんごんじゃ』（以上アリス館）では文章を担当。

朝倉世界一
（あさくらせかいいち）
漫画家・イラストレーター。アルバイト先の雑誌編集部でイラストを描き始めて、１９８８年に漫画家デビュー。主な著書に『デボネア・ドライブ』（KADOKAWA）、『地獄のサラミちゃん』（祥伝社）、『モリロクちゃん～森さんちの六つ子ちゃん～』（講談社）などがある。児童書の画／絵に「落語少年サダキチ」シリーズ（福音館書店）、『ホットケーキのおうさま』（WAVE出版）など多数。

参上！ SANJO!
ヌンチャクゴリラ
NUNCHAKU GORILLA

川之上英子・健 作　朝倉世界一 絵

2024年10月31日 第1刷発行

発行者 小松崎敬子
発行所 株式会社 岩崎書店
〒112-0014 東京都文京区関口 2-3-3 7F
電話 03-6626-5080（営業） 03-6626-5082（編集）
印刷所 株式会社光陽メディア　製本所 株式会社若林製本工場
ブックデザイン 鯉沼恵一

NDC 913　ISBN978-4-265-84051-9　136P　22cm × 16cm

Published by IWASAKI Publishing Co.,Ltd.
Printed in Japan

ご意見、ご感想をお寄せ下さい。
E-mail：info@iwasakishoten.co.jp
岩崎書店 HP：https://www.iwasakishoten.co.jp
落丁本、乱丁本は小社負担にておとりかえいたします。